就有日

有 文 字 没 有

有 世 界 末 日

幻鱼　著
金色映像　编

四川文艺出版社

图书在版编目（CIP）数据

有文字就没有世界末日 / 金色映像编；幻鱼著. – 成都 : 四川
文艺出版社, 2020.1
ISBN 978-7-5411-5508-6

Ⅰ. 有⋯ Ⅱ. ①有⋯ Ⅱ. ①金⋯ ②幻⋯ Ⅲ. ①诗词 – 作品
集 – 中国 – 当代②散文集 – 中国 – 当代 Ⅳ. ①I217.2

中国版本图书馆CIP数据核字（2019）第223497号

YOUWENZI JIUMEIYOU SHIJIE MORI

有文字就没有世界末日

幻鱼 著 金色映像 编

出 品 人 张志宏 张庆宁
责任编辑 金炀溟 余 岚
封面设计 叶 茂
内文设计 史小燕
责任校对 王 冉
责任印制 喻 辉

出版发行 四川文艺出版社（成都市槐树街2号）
网 址 www.scwys.com
电 话 028-86259287（发行部） 028-86259303（编辑部）
传 真 028-86259306

邮购地址 成都市槐树街2号四川文艺出版社邮购部 610031
印 刷 四川机投印务有限公司
成品尺寸 146mm×210mm 开 本 32开
印 张 10 字 数 240千
版 次 2020年1月第一版 印 次 2020年1月第一次印刷
书 号 ISBN 978-7-5411-5508-6
定 价 39.80元

目录

夏日·赋诗卷

秋日·填词卷

冬日·放歌卷

春日・行文卷

夜　读

我已经有多久没读诗了？

可能比上一次，迎着夜空抬头看月亮还要久远。所幸今夜月色正好，工作正闲，微信和QQ头像的右上角，都没亮起充满诱惑的小红点。

我久违地听了一段散文——E.B.怀特的《大海与海风》。

短短5分钟的朗读，前半段听得恍恍惚惚，几乎是在神游。只依稀分辨出，文章大概在讲述一个男人航海的故事。直到这样一段话语，在岑寂的月色中，传入耳来：

"我像个酗酒者，一生丢不开酒瓶子。对我来说，我也丢不开航行。然而，我清楚地知道我失去了对海风的感觉，实际上，我不再为海风感到激动。它催我振作，一点不错，而为我真正喜欢的却是无风的天气，四周一片祥和。"

这段话撩得我心弦微微一颤。

此前我从未阅读过这篇散文，自然也不知道E.B.怀特笔下的"海浪"与"海风"是否具有某种特殊含义。我只单纯地，在听到这段话的瞬间，联想起自己目之所及的人、事、物——

你看呀！我们身边有多少人，曾经怀揣着年少时的梦想扬帆起航，却又最终沦陷于生活的旋涡，流于平淡？

在这跌宕起伏的人生中，谁不是自己航行的舵手？年少时人人都想追逐海风那激烈的温度，成年后又畏惧风浪，怕它湿了桨，折了帆。

我们嘴上说着要追求"现实与成熟"，脚下走着少年时代最看不起的"父母的老路"，心里或多或少还揣着那么一丁点儿早已了无生气的"热血与梦想"……却又在不甘与放任中，一步一步地割舍自我，最终，与初心渐行渐远。

时间是如此公平，它让每一个生命在日月消磨中，渐渐学会背负起生活的重量。它让我们的小船上不再只有自己这一名孤独的舵手，而是会渐渐登上无数同行的乘客——

二十多岁，与你相依相伴的爱侣上船了；

三十多岁，延续你生命的孩子上船了；

四十多岁，你那年迈到不再能继续掌舵的父母上船了；

甚至于，为你生活增添活力与快乐的猫儿、狗儿，也随着年月流转，在你的小船上去去来来……

当你船上不断登上一名又一名旅客，当你的生命中的负重不断增加，你将渐渐失去少年时的勇气，你将不再热衷去追逐刺激的风浪。你将变得小心翼翼，变得患得患失，变得循规蹈矩。

然而，这样的变化，并非是因你不再心怀天地——凛冽的海风依旧使你心头振奋，你看着周遭那些青葱少年，看着他们迎风扬帆、充满干劲的炯炯目光，你的心头依旧会激起阵阵涟漪。

尽管如此，你仍然毫不犹豫地选择了妥协与放弃。只因比起拥抱海风的诱惑，你更愿意把生命和时间留给你的亲人，留给爱。

人生之路，漫长如斯，艰涩如斯。

进一步诚然需要勇气；而退一步，也未尝不是另一种伟大的坚守。

在"追逐梦想"这件事上，26岁的我，实则是毫无立场去指摘是非或评判对错的。毕竟作为一个早已将生活安排进朝九晚五，庸碌日常的"社会人"，我亦是许久、许久没有好好读一首诗了，久到我已快要忘记，原来我对美文的眷恋与执着，从未消磨于岁月之中。

如此想来，忽然有些感念微信群里那位不知真名的网友马甲子推送了这段读诗音频；感念已故的美国散文家E.B.怀特；感念上海译文社的翻译贾辉丰；感念朗诵演员季肖冰……

因着这一串陌生的名字，才勾起我如山洪如潮水般的蓬勃思绪；才能使我在这个月色正好，思绪正闲的夜晚，经历一场沉湎于诗山文海中，久违的"少年游"。

一切恰到好处，一切皆为凑巧。

这或许也是在暗示着我们这些正在埋怨生活多艰的人儿啊——

别担心，纵使前途漫长，我们也终将在未知的某年某日，与过往的自己重逢。在重逢的那一刻，纵然你已是容颜衰败，纵然你已是两鬓斑霜，在你心中最深邃的、最柔软的那个地方，依旧是不变的，少年模样。

2019年1月22日

以诗之魂灵，祭山祭海

读诗，对于很多当代社会人而言，已是一种十分奢侈的行为。我们每天要花很长的时间，去应付工作、学习和生活琐事，因为繁忙，我们越来越热衷于快速阅读，我们开始进入全民"读图时代"。

然而身体越是忙碌，精神越是容易匮乏、空洞。即便我们偶尔能忙里偷闲，到文化底蕴厚重的景点、遗址去旅游，最终也会将一场精神文化的盛宴玩儿成以拍照、晒朋友圈为任务的"到此一游"。

正是在这样的环境下，我开始读诗，读一本名叫《纸葵》的诗集，一本敢于抛开商业性、不为迎合读者嗜好而委曲求全的诗集。

翻开白色的硬质封皮，自扉页起，通本全无杂字，就连眼下热销书最流行的名人序言、名家推荐也没有。白纸黑字之间，只有晦涩的、意识流的诗句——那是用最野性、最朴实的意象勾勒成的古蜀画卷。

我在这画卷中，能听到风的声音，能听到太阳鸟的歌声，能看到辽远的、照耀着3000年前旷野天空的晚霞，能触摸到牦牛背脊坚硬的骨骼。

　　用石头中的树叶积攒阳光。

　　和鱼一起盛水的黄金，

　　置于距手最近的河流，开始模仿松树。

　　黄金的鸟，固定舟漂泊的姿势，

　　时间，一节节腐朽在竹子

　　被风吹走的空洞中。

　　我无法洞悉，诗人龚学敏是以一种怎样的眼光、怎样的心情来编撰出这满篇沉郁而激昂的文字。但，作为一个在浮华之间偶尔还愿意读诗的人，我能感知到字里行间对于三星堆、对于金沙、对于古蜀文明的崇拜与敬爱。

　　在这片传递着古蜀文化的古老土地上，无数人生于斯、长于斯，又自始至终，对祖先的渊源一无所知。

　　我们是否真的了解脚下的这片土地？又是否能感知到在蜀人血脉中鼓动的文明？

　　这一切疑问，或许在《纸葵》中，得以略解一二。

　　在这文坛浮喧而繁杂的时代，总会有人不辞辛劳，躬身一步一个脚印，去采撷最原始的意象，再将意象编织成诗，编织成有灵魂的、有血肉的诗句。

　　我们需要这样的诗句，我们需要能承载历史的重量，能引领人们回溯过往、不忘本心的文字。

　　在如此凡俗之间，尚有雅士愿以诗之魂灵，祭山祭海，从而唤醒我们古老的、镌刻在骨血之中远去的年轮——这无疑是我们共同的幸事。

注：

　　龚学敏，四川籍诗人，1965年5月生于四川省阿坝藏族羌族自治州九寨沟县。1987年开始发表诗作。1995年春天创作长诗《长征》。2007年加入中国作家协会，2016年12月就任四川省作家协会副主席。已出版诗集《九寨蓝》《紫禁城》等，现任《星星》诗刊主编。

　　《纸葵》为其最新诗集，全集以古蜀文明为主题，围绕三星堆、金沙遗址，展开了富有想象力的创作。

2018年3月27日

无秋之秋

我的故乡，是一座秋趣甚浓的城市。每当七月流火，伴随着开学的号角，舒爽的秋风与渐黄的银杏，总会将浮躁的都市变得诗意盎然。

记忆中那风的气息，沾染着漫天秋叶，簌簌如雨般飘落下来，铺成一地金黄。

清晨，走在上学的路上，小街两旁高大的两排银杏树，总会随着渐行渐凉的秋风招摇着满头金色的小扇子。一片片，一把把，窸窸窣窣地摇曳，层层叠叠地坠落。在这个有小贩推着小车，叫卖烤红薯和炒白果的季节里，整个世界都会染上一层如梦如幻的绚烂色彩。

我对于童年和秋天的记忆，皆停驻于此，停驻在那沿着小街不断向前延伸，仿佛永无尽头的满目金黄里；停驻在那白果飘香、红薯黏软的回忆中。

那时的我，从未想过有朝一日，这金黄的秋天会从我的生命中消失；就像那小扇子般招摇的银杏叶，随着风声飘零成泥。

我离开故乡的时候，只有七岁。

七岁，是一个不算太小，也不算太大的年纪。

七岁，是一个早熟的孩子刚刚开始懵懂感受到何为忧伤，何为怅惘的年岁。

七岁时，我第一次走出故乡的土地。

我去到了一个没有秋天、崭新的南国城市。

那是一座海滨城市。在那里，夏天的太阳热得能将蝉鸣晒化；冬天的风，却和煦得宛如盛春艳阳。

那是一座没有秋天的城市。

有的只是大片大片，不老不死的绿色。

即便到了隆冬腊月时节，周遭依旧是满目苍茫的绿，绿得伤感，绿得让人足以忘记春冬轮回。

多少年间，我是如此厌恶这绿色。我总以为，四季更迭犹如世人生老病死，须得有寒有暖，有悲有喜才算真正的完满。而这没有秋季，没有冬天的城市，就像一位青春永驻的少女——纵她能百岁千载的秀美如初，纵她能因花团锦簇而永生受世人恋慕，却终究少了些常人应该有的辛酸与沧桑，显得有些不食烟火式的无趣。

不识苦，焉知乐？

不识悲，焉知喜？

没有秋天的城市，犹如一轮独盈不亏的皓月。虽然完美，却再无弦月如钩抚烟柳的风骚之情。

然而生活并不会在意你的苦乐，它只会随着命运的安排，随着日出日落，不断地奔流前行。无论年少时的我愿意与否，我都已被命运搁在了这座没有秋天的海滨小城。

于是我也开始慢慢尝试着，尝试着去习惯那映满苍绿的秋天；慢慢尝试着，尝试着去忘记心中眷念的高山，转而学着欣赏自己曾经嫌弃过的大海与海浪。

我把对故土山隘沟壑的依恋，逐一抛进大海的滚滚波涛之中。我让自己试着学会放下不满与偏见，放下曾经的念想，学会去发现自身所在的这座陌生城市的魅力与温暖。

当我耗掉数载光阴，彻头彻尾地将秋天从生命中划离后，我以为我的余生，也将在此地走向终结——在这没有秋天的土地上，渐渐活到老，老到死。

然而我又错了。

生活总爱摆布自以为是的灵魂，用它的恶趣味来告诫你——永远不要把自己眼下拥有的一切，视为理所当然。就在这即将离开校园的日子里，我接到了来自故乡的工作邀约。

接下来，我将要回到那个自以为再也不会回去的地方。

也不知道是该笑，还是该流泪。

因为过去的美好，其实早已化作了记忆中一道绚丽的彩虹，纵使再回到那片陌生又熟悉的土地上，我也终究只是一个客居者。

> 少小离家老大回，乡音无改鬓毛衰。
> 儿童相见不相识，笑问客从何处来？

我，究竟从何处来？

我，又将去向何方？

纵使我还能操着生涩的口音，说几句勉强算是地道的"家乡话"，纵然我还有无数血亲故旧仍在那座名为故乡的城市里等我归来，可我的心与灵魂，却早已不再属于那片陌生的故土。我的饮食习惯、言行举止、生活方式、思想观念、人生哲学……

一切的一切，都与所谓的"故乡"再无半点重合之处。

我本远行客，如何能回头？

早在七岁那年背井离乡之后，我便已成了一朵"失根的兰花"。我所失去的，远不止是那记忆中银杏叶飘零的秋天，而是我生命中对于"故乡"二字的归属感。

无论是在南粤，或是在蜀都，我都找不到半点纯粹属于我的符号。我深感自己作为一个个体，存在于这苍茫的大地之上，却始终是个彷徨的浪人过客，是个没有终点，不知何为归处的旅行者。

我的人生，在路上，也始终只在路上。

或许是因为七岁前的那年秋天，我记忆中最后的那片银杏叶，已经随着风儿，飘去了我指尖所不能企及的，那名为"遗忘"的远方……

南国无秋。南国秋天的月亮，始终不会沾染上半点寒意。正如今日的我，已经不会再梦见，年幼时曾无比熟稔的，故乡秋天的味道。

2013年秋

欲望，是鲜血染就的彼岸花

每个人心中都有欲望，适度的欲望促人积极进取；过度的欲望，却会让人坠入罪恶的深渊。

今天我们要谈的《血观音》，就是这样一部围绕着欲望，描绘上流社会"罪与罚"的电影。

影片讲述的是一个中国台湾权贵结党"炒地皮"的故事。故事里的人，无一不是欲望的奴仆。无论是主角棠家母女三人，还是围绕在她们周围的那些显贵名流们。为了金钱，道貌岸然的议长不惜杀害下属官员；为了名誉，王主席和冯秘书长相互设计陷害，污人清誉；为了利益，棠夫人亲手卖掉自己女儿的身体，最终甚至为了替自己脱罪，狠心地将至亲灭口。

若以常规的视角来看，《血观音》无疑是在讲情、财、仇的烂梗俗话。可导演却偏要通过棠家母女三人的视角，去描摹一幅上流社会阴暗沉郁的浮世绘。

棠家母女虽为血亲，却性格迥异——

棠夫人城府颇深，无论喜怒哀乐，嘴角始终挂着微笑。她是一只不管遇到什么问题都能泰然处之并能洞悉世事的老狐狸。为了获得最后的胜利，她可以做出极大的牺牲与忍耐，甚至不惜亲手害死自己的独生女棠宁。

　　"到了我们这个年纪，什么都看淡了。可心里没有狠过一回，又如何能淡呢？"

　　这是棠夫人在亲手害死女儿之后，面对利益伙伴冯秘书长想要"答谢"她时，说出的一番话。她微笑着言谈，看似云淡风轻地讲出这句话语；而镜头却聚焦在了她身后，她女儿棠宁的黑白遗照，赫然摆在低矮的灵台上，仿佛正望着这位"狠过又看淡了"的棠夫人。不知此时刺客，作为一名杀女母亲，作为利益之战中最终登上顶峰的大赢家，她的心，是不是真的如自己所言，将一切罪孽都"看淡了"。

　　在人物性格上与棠夫人针锋相对的，也正是她的独女棠宁。

　　棠宁一出场便是一副浪荡女、小太妹的形象。看似风情万种、玩世不恭，实则是在以一种近乎自我毁灭和自我放逐的方式，来抵抗、逃避母亲的冷漠、世故、唯利是图。可惜这种毫无章法的反叛，在命运面前实在是太微不足道！棠宁摆脱不了棠夫人的控制，她不得不听命于母亲，出卖身体去换取家族的利益；她不得不接受母亲的安排，将自己未婚生下的女儿棠真当成妹妹来对待。

　　在畸形的家庭环境中，棠宁心中那一点儿对亲情的渴望，对理想的追求，最终使她变成了欲望的陪葬品——或许，在她的父亲"老将军"还健在时，她也是个真正快乐过、天真过的纯情少女。只可惜父亲去世，靠山倒台，母亲为了名利，牺牲了女儿的未来与幸福。

　　与或许还曾有过天真的棠宁相比，整个影片中最压抑的人物，莫过于棠家"小女儿"棠真。这个还在念初中的小女孩，从出生的那一天起，就以被迫背上利益的枷锁——她是棠宁未婚、或许还是未成年时就意外生下的女儿，因此她只能把自己的妈妈当姐姐，管自己的外婆叫母亲。棠真比棠宁更可怜，棠宁或许在年幼时，还享受过健全家庭的亲情关爱；而棠真却只能从小生活在畸形的无爱世界里。

或许，棠真对人性的冷漠，正是源于她自幼而生的孤独。

影片里棠宁一直努力地想亲近棠真，希望能做些什么来弥补自己作为母亲那份源于骨血的爱与愧疚。虽然棠真从未正面回应，甚至一次次无情拒绝棠宁的示好，却又早在暗地里，收藏着棠宁一直想要自己帮忙买回的水彩颜料，还在颜料包装上写下很多劝诫棠宁"不要吸烟""少喝酒"之类的忠告。

或许，从这些微小的侧写镜头中，观众们还能够稍微感受到，棠真那种深埋于心底的，对于爱和温情的渴望。

在这个世界上，没有人是彻头彻尾无情的。

无论是貌合神离的棠家母女三人，还是利欲纠葛的其他配角。在追名逐利之余，他们或多或少还是会透露出一些对爱的渴望——警署队长和棠宁的暧昧真的只是情欲驱使？棠宁和杀手兄弟间的情感纠葛纯属互相利用？马夫屈服于会长千金陪她谈情说爱时，真的只因心怀畏惧？

或许，在这些权与利之间，或多或少还夹杂着一些真情实感的爱意。哪怕是棠夫人对待棠宁，也是有爱的——毕竟，她为死去的棠宁诵《往生咒》时，终究也是含着眼泪的。只是这些许的爱意，在欲望面前实在太过卑微，太过渺小了。它小到可以随时随地被碾碎成粉末，被遗忘在风中。

爱啊，终将成为名利场上一块无名无字的垫脚石，成为道德牌坊上一行无血无肉的标榜书。

也正因如此，整个影片充斥着一种刺骨的哀伤。这哀伤犹如那贯穿电影始终的象征性物——彼岸花一般，以鲜红的花蕊，以触手一般张扬地绽放着华美的颜色，来书写着无情无爱的，仅靠欲望之血去染就的，那片罪恶之红。

世界上最可怕的不是眼前的惩罚，而是无爱的未来。

这是影片结束后打出的一行文字。黑底白字，仿佛在告诉经历了两小时欲望之旅的观影过客：无爱之心，比死还冷。

在影片中，对这句话理解最透彻的人物，非棠真莫属。她目睹了棠宁被棠夫人炸死在海上，也曾为了虚假的爱情而付出"跳车断腿"的惨痛代价。

当"炒地皮"事件尘埃落定，棠夫人以胜者之姿骄傲地望着曾经的对手微笑、饮茶时，棠真也已成长为一个可以在名利场上淡然处之的"生意人"。尽管如此，当棠夫人理直气壮地说出"爱是能战胜一切"这种话时，镜头还是专门特写了棠真鄙夷的眼神——她知道，这个口口声声鼓吹"爱之力量"的女人，早已化身为无爱的冷血恶魔，化身为一只披着人皮的魑魅……

在《血观音》这样一部丰满的影片里，承载着太多耐人寻味的台词。其中最令人动容的一句，莫过于反反复复出现过几次的那七个字："要活得像个人样。"

　　棠夫人对棠宁说过这句话；棠宁对棠真也说过这句话。只是前者说出口来，是恨铁不成钢的抱怨；后者说时，却是渗透着绝望与无奈的真诚祝福。

　　可人世间有如此之多如棠夫人般披着人皮的魑魅，又究竟有谁知晓，什么才是真正的"人样"呢？

　　或许对于棠夫人和"觉悟"后的棠真们而言，所谓"人样"就是能够为人前的光鲜牺牲掉爱与人性的活法；而对于镜头背后，想要用故事里的人物狠狠打脸现实的导演而言，真正的"人样"，或许应当是心中有爱，而无谓得失地活着。

　　　　早起满树翠碧，暮时随风吹落。

　　片尾一句悠悠的唱词，诉尽了棠夫人名利纠葛、跌宕起伏的一生。

　　她是赢了，还是输了？

　　其实都不重要。重要的是，她和所有普通的人一样衰老，一样病死，一样躺在病床上架着呼吸机枯瘦着手臂，任由旁人摆布生死。

　　曾经的荣华富贵，曾经的利欲熏心，终究化骨成尘。

　　在这无爱的世界里，化骨成尘，凋零枯萎。

　　　　　　　　　　　　　　　　　　　2018年10月19日

雪国的温度

雪，是世人眼中纯净无瑕的代名词之一。在会落雪的国度，寒冬正严时，玲珑的六瓣精灵落在温润的掌心，霎时，便会融作一片透亮的水。雪水从指缝间流走，若不是那一点儿残存的湿意，恐怕谁都难以分辨这瞬间的洁白，是否真的来过？

我曾经读过一本书，书中描绘的，便是这样一个如掌心融雪般纯净又梦幻的世界。书的名字，叫《雪国》。

这是著名日本作家川端康成的代表作。细腻的行文，含蓄质朴的言语，拨弄着读者心底最纤细的那根琴弦。

在《雪国》中，有一段极其细腻的对话描写，最能体现这种纤细的美好：

"你了解我的心情吗？"驹子忽地又把刚刚关上的纸拉窗打开，一屁股坐在窗沿上。

岛村半晌才说："星星的光，同东京完全不一样。好像浮在太空上了。"

"有月亮的晚上就不会这个样子。今年的雪特别大。"

这是主人公岛村和驹子，在朋友菊勇姐回家乡之后的一段对白。

看似不着边际的对白，实则极其传神地还原了日本人含蓄的语言特点。

驹子问岛村是否知晓自己心中对菊勇姐的不舍之情；岛村并没有直白地回答，而是以天上的星光作喻；以"浮在太空上"来暗示星光般的驹子在好友离去后心中的不安感。

而驹子也同样以比喻作为回应——她把月亮来比作菊勇姐，言下之意即是：若是有月亮，星星就不会寂寞；若是我的朋友尚在，我也不会如此心绪不宁。可惜今年的雪特别大，大得连月亮也不见了踪影。

这段犹如和歌般婉转的对话，虽然简短，却足以将两位主人公的风雅与心思刻画得如此传神。让愿意潜心细读的看客们，足以化身为行文中的星辰、月光与白雪。

《雪国》之美，除了文风高雅之外，亦美在书中人、事、物的"干净"。

书中的女主角驹子，率性豪爽，恰如漫天翻舞的雪花；即便是在最凛冽的寒冬里，依旧洋溢着寒冷而蓬勃的生机。驹子是一名温泉艺伎，同时也是一个敢爱敢恨的女人。虽然她经历坎坷，身份卑微，却毫不影响她去追逐爱恋、追逐自由的热情——实际上，在岛村的爱情迷局中，她向来自知高攀不起，但她依旧如扑火飞蛾一般无怨无悔地一头扎进爱情中去。即便深知这段情终将如烟花一般，在绚烂过后坠入无边的黑夜，也依旧要不顾一切地随心前行。

而与驹子的"强烈之爱"相对的，是书中另一位女性角色——叶子。叶子承袭了雪花淡雅、澄澈的一面。她的纯净善良宛如雪后初晴的苍茫大地，四周一片银装素裹的静谧，仿佛一张静止的图画，人在画中，画在心上。

叶子纯粹，也很执着。她可以爱着一个即将死去，且满心只恋慕驹子的男人；也可以在火灾中，为了救出被困的孩子而甘心葬身火海。叶子的生命诗篇，就像她的名字一样，似一片栖息于枝头，默默无闻的绿叶。她渺小、平凡，却也怀揣着一份独属于自己的春天。

放眼你我周遭的世界，生活中也不乏像叶子、驹子一样率性又纯粹的生命。纵然世人常说"人情冷漠，世态炎凉"，却总还有人愿意在他人困顿之时伸一把手，让复杂的困境，变得稍稍简单一些。

故而苍茫天地间，于你我之心底中，又何尝未有过一片澄澈的雪国？

或许有些时候，生活迫使善良的人们不得不为了生存说一些假话，带一点假笑，忍一点苦闷，装一点自私；然而这些不得不为之的市井"小恶"，终究不能改变世人心头原有的"大善"。

对于生活中的纷争与欺瞒，我始终更愿意相信"人之初，性本善"。

在《麦兜故事》里，心理医生评论麦兜的一句话说得很好：

他不是傻，只是太善良。

这是一句让人心酸的大实话——在我们身边，有太多因善念而遭受非难的切实案例。小到借钱不还，大到见义勇为被诬陷。有时我们不得不感慨，有太多好人，终究还是落得"太高人愈妒，过洁世同嫌"的凄凉下场。

想要在这纷纷扰扰的世间为人，还需避得开魑魅魍魉，守得住丹心一片。

人非圣贤，孰能无过？知错能改，善莫大焉。

但若能在凡俗浮沉之后，依旧执着于自己那恬淡的初心一片，便也算是，无愧于天地，无愧于生而为人的本分吧！

在浮华间真挚地生存，在世俗里善良地活着。或许，这就是雪国，最柔软的温度。

2013年2月25日

坚硬的壳与柔软的心

中岛美嘉，一位在日本家喻户晓的女歌手。许多喜欢日系文化的人，或许都听过她演唱的《曾经我也想过一了百了》。

这是一首以抑郁症为主题的歌曲，曲调优美，歌词质朴真实，极易让听众凭着旋律想起三月没有阳光的正午晴空。

然而许多国内听众并不知道，这首歌是中岛美嘉患上鼓咽管开放症三年后录制的作品。鼓咽管开放症，对一般人来说，或许是个罕见的名词。但对于一位歌手而言，它是"致命"的。

这是一种让人难以正常发音的疾病。

患病之人，即使是普通言谈，也会变得格外痛苦——极微小的发声也会在耳道里被放得巨大，患者想要说话只能尽量压低声音，或在站立时朝前倾斜身体从而减缓压力。

或许正因如此，患病后的中岛美嘉，在遭受众人非议"跑调""破音"之后，再一次站在台上唱响《曾经我也想过一了百了》这样一首为生命而谱写的歌曲之时，才会显得格外催人泪下。

"在听到这首歌时，感觉自己坚硬的内心一下子柔和了起来。"

中岛美嘉在2015年演唱会上，再次唱响《曾经我也想过一了百了》时，对歌曲做出了这样的评价。或许这评语，也是她对自己五年来与疾病抗争的无数漫长时光最恰当的总结。

人活在世界上，总要面对许许多多突如其来的波折与坎坷。有时候生活就是这样倒霉到极点——上帝关上了一扇门，还要顺手锁上窗户。

但再困难再艰涩的经历，终究也是人生旅途中的一部分。既然我们无法逃避上帝的玩笑，那还不如努力与之和解。

在最近很火的电影《无名之辈》里，任素汐出演的瘫痪少女马嘉旗就是这样一个典型的"命运弃儿"。年纪轻轻遭遇车祸，脖子以下全部瘫痪，大小便不能自理……马嘉旗对生活绝望到一心求死，可她却悲哀到连自杀的能力都没有。在她的余生中，除了仗着有一张厉害的嘴巴，还能以"泼妇骂街"来发泄情绪外，其他的，什么都做不了。

即便背负着如此惨淡而无望的人生，马嘉旗还是在她自以为生命快要走到尽头的时刻，原谅了因为酒驾害自己变成"瘫子"的哥哥；她还是会红着眼眶向这位她曾经记恨的亲人告别，叮嘱他要吃按时早饭，要注意身体，工作别太拼命……

就连马嘉旗这样一位因身体残疾而厌世的人，坚硬的躯壳之下，也依旧是包藏着一颗柔软的心。就像这茫茫人世间每一位活得或顺遂或坎坷的人一样——人们为了活下去，便不得不顶起一套坚硬的铠甲；凭借着这层坚硬的壳去与生活战斗，去面对生命中无数的困难与波折。

但请不要忘记，我们制造这层坚硬外壳的初衷，是为了保护自己柔软的内心。这颗心承载着无数美好的品德——善良、温暖、友爱，但它也格外脆弱，格外容易被生活的残酷所腐蚀。

它需要我们，拼尽所有去精心守护。

常言道，人生不如意十有八九。活着，向来是如此艰涩的一个难题。而人之所以伟大，便是因为无论在多难多无奈的时刻，比起放弃爱与信仰，我们总是更愿意相信——

苦难之后，必有花开。

2019年1月3日

四十九日·祭

战争，对于此刻握着手机闲看着微信的你我而言，或许是一个遥远的名词。

纵然最近叙利亚打成一锅糨糊，纵然周边小国争端不断；但那终究是隔山隔海，不在身旁的国际新闻。即便今天的网络媒体已经发达到能够让任何一个握着智能手机的网民，分分钟将世界大事尽收眼底，却也终究只是将血淋淋的现实事件转化为新闻APP里供人茶余饭后唏嘘感慨的谈资。

打仗。战争。

这轻飘飘的两个词，从来不专属于某一个民族、某一个地区或国家。

就像那场发生在你我脚下的土地上，终结于七十三年前的战争——抗日战争。那便是一场不能为历史所遗忘的，牺牲了无数同胞的惨烈悲剧。

那场仗，一打便是十四年。

十四载黑色光阴，熔化了太多太多镌刻着民族伤痕的血泪史。而在这无数的悲迹中，最惨痛，也是最沉重的一笔，莫过于南京大屠杀。

今天，我想与你分享一本以南京大屠杀为背景的小说——《金陵十三钗》。

该小说是著名女作家严歌苓的名作，且并非一本新书。早在2006年，这本书就已经获得过《小说月报》第十二届百花奖原创小说奖。许多震撼人心的影视作品，皆是应此书而生：张艺谋的同名电影《金陵十三钗》，2014年上映的电视剧《四十九日·祭》，以及当年将陆川推上风口浪尖的《南京！南京！》。

影视艺术家们反反复复玩味这本小说中的故事，试图从其中找出一个最能窥悉战争的视角。这样的解读与尝试，不仅仅是艺术层面上的追求，或许更是一种身为国人，因战争、因民族、因历史而与生俱来的责任感。

在战争面前，人们宛如烈日下的蝼蚁，艰难而苟且地爬行着。即使只剩下一口气，即使只能看到一点虚无的希望，也要努力地活下去……

可最终，在冰冷的枪林弹雨之中，这些曾经拼命求活的生命，终将凋落成一堆无生气的肉。

战争，宛如秋风扫落叶一般残忍。在那魑魅当道的人间炼狱之中，生而为人，那一丁点儿渺小的热血与骨气，转瞬就会在敌人的嘲笑中冷作冰霜——

人没了性命，还怎么去妄谈爱与未来？

偏偏《金陵十三钗》故事里的一笔一画，弯弯绕绕，就是要谈人情，谈信仰，谈爱。

打仗也是有趣，生和死都离得那么近，就给人留一条缝。好窄一条缝，把人心一下子就能挤到一块儿去，那点真情一下子就能给挤出来。

我们人跟你们一样，大的总要护着小家伙。哪怕不是自己生养的小家伙……

说这些话的人物，不外乎都是俗世百姓——妓女、神父、士兵、医生、农民……他们的身上原本就沾染着烟火世俗的气息，他们对于战争都怀揣着不同程度的畏惧。如果不打仗，他们本应当在自己或俗或雅的生活轨迹上安居乐业，在市井庸碌中平凡而鲜活地生老病死。

然而战争说来就来，来得如此仓促。

草芥小民们在战火纷飞的动荡里，毫无保留地展现出了令人动容的、真实的人性之美，却也终究逃不脱身死罹难的悲剧命运。

即便是在小说里，在故事中，主人公们还是相继成为战争的牺牲品。或许这也正是《金陵十三钗》最值得赞颂的手笔——告读者以悲痛之结局，来叩响未曾直面过悲痛之人心底里那份对战争、对生命最真实的敬畏。

2018年4月20日

从《穷婶母》到《煤矿》

——不得不说的村上春树

《穷婶母》与《煤矿》，两个故事均为村上春树小说集《到中国的小船》中所收录的短篇小说。两个故事的标题都具有极其鲜明的象征意味，又都暗示着一些社会现象。故而将其放在一处探讨，或许可以得到些更富有趣味的答案。

"穷婶母"，在故事中象征着一种道貌岸然者对于卑微之人的歧视。

主人公"背上穷婶母"这一行为，或许正是一种原罪心理的体现。在故事里，主人公无缘无故地被穷婶母"附身"，而这段"被附身"经历，最终又在他与火车上被母亲忽视的小女孩相遇时，悄然结束。

为什么千万人之中，穷婶母偏偏要找上主人公？

或许，作者对"附身"这一巧合性、戏剧性行为的着力刻画，只是想借主人公体现一种极易被世人所忽视的悲悯之心。

这一点，从主人公在乘火车时，对邻座小女孩的关注即可看出——小女孩被生活拮据的母亲带着坐火车，她长得平庸，衣着普通，唯一心爱的一顶新帽子还被顽皮的弟弟破坏掉。而她的母亲根本不关心她的心情和想法，甚至在她和弟弟因争抢帽子的纷争中，极其偏心地责备她而维护弟弟……

或许这样琐碎、平凡又常见的情景，让背负着象征悲悯之心的"穷婶母"的主人公恍然大悟——许多人性之恶，如歧视、如冷漠、如嘲弄，究其本因，或许并非由心而生的恶意，而只是人们在严酷生活环境的折磨下，渐渐形成的一种麻木——这也许是人性磨损到一定程度，而衍生出的一种必然现象。

当人们已经自顾不暇时，又该如何去要求他们，学会怜悯旁人？

相较于《穷婶母》的晦涩象征意味，《煤矿》的隐喻则更为浅白易懂。

煤矿，这幽微深邃的场所，象征着生活厄运与人心灵中的黑洞。

在《煤矿》中，作者曾多次提到死亡，各种各样的死亡。有倒霉女孩被车撞死，有普通上班族在睡眠中死于心肌梗死；有自杀也有意外；有葬礼还有葬礼西服的细节……这一切描写，其实都是在暗示一种类似埋在人心中定时炸弹一般的厄运，即人心底里的"煤矿"。

村上春树的小说中，常常出现与"井"有关的意象。井，可以理解为禁锢与吞噬的象征物。在《挪威的森林》《奇鸟行状录》等长篇小说中，对"井"的象征性都有着十分明确的描写。

作为"井"家族中的一员，"煤矿"抑或说是"矿井"，都毫无例外地在向读者宣誓着一种压抑与囚困。

　　　　大家尽量少喘气，余下的空气已不多。

　　　　　　　　　　　　　　　　　　——《煤矿》

这句被原文引用的歌词，恰到好处地论证着"煤矿"的恐怖所在——被困于其中的人，将在这黑暗、幽邃的深渊里被渐渐闷死；除了被动地等待营救，等待命运的转机之外，人们什么也做不了。

困境的最可怕之处，便在于被困于其中，而无力自救。

在《煤矿》的末尾，作者写了一段非常有趣的对话。主人公在晚会上，听到一位陌生女性说，她曾杀死了自己的弟弟，但又没杀死自己的弟弟。明明是前后矛盾的一段话，倾听者与讲述者却又彼此露出了讳莫如深的微笑。

倘若将这个故事与作者其他的故事，如《挪威的森林》中直子的死亡等联系起来，便不难看出这段情节背后隐藏的真正含义——在"杀死弟弟"这件事上，女人并没有真正动手。她或许只是在弟弟跌入"煤矿"而向周围亲友求援时，不曾施以援手。明明听见求救，却不曾施以援手，以至于弟弟最终走向死亡。

类似的桥段在《挪威的森林》里，表达得更为清晰。

女主角直子因为自己的心理问题向主人公渡边求助，可渡边却在直子和绿子两位女性之间反复徘徊。最终直子选择了死亡，而渡边投向了绿子的怀抱。

值得一提的是，在《挪威的森林》里，直子也曾提到过对于"井"的恐惧。她害怕坠落，害怕被"井"吞噬，从而希望向身边的人，如渡边等，向他们求援，希望有人紧紧拉住自己……

村上春树在不同的小说中反反复复地强调着"井"，强调着它与死亡的关联性。这让人不能不深思——或许我们，心中充满阳光而没有黑洞的人们，是否更应当关注自己身旁那些心中布满矿洞，随时会跌落井下的朋友、亲人们？

> 我也想在人世间 找寻到牵念
> 在那个没风愿意 路过的房间
> 听见门铃的歌声 拆开新年的信件
> 让空气洋溢着 陪伴的温暖
>
> ——《终点之前》

这是我曾为抑郁症患者撰写的一段歌词。这段文字也代表着，当我在读完《穷婶母》和《煤矿》后，对于故事中所隐喻的那些是非，最真实的答案。

2018年1月30日

雨

从昨夜起，成都的雨，便石破天惊似的落个不停。雨滴如泼如洒，雨丝如帘似幕，洗净了天地万物，冲淡了市井浮喧。

一如人们常说的"一下雪，北京就变回了北平"。成都，是一座只要在雨中，便能重回"锦官城"的曼妙都市。

古代人活得清闲，在那车和马都很慢的时代，文人墨客能抽出许多闲情逸致来赏雨。成都气候温暖湿润，向来不乏雨水的踪迹；而对于成都的雨，诗人们也向来是不吝笔墨的。

在万千咏雨诗词中，最为出名的一首，莫过于杜甫那首人尽皆知的《春夜喜雨》：

> 好雨知时节，当春乃发生。
> 随风潜入夜，润物细无声。
> 野径云俱黑，江船火独明。
> 晓看红湿处，花重锦官城。

正是这样一首唯美的五律诗，让"锦官城"这个应被尘封在历史深处的名字，至今仍旧熠熠生辉。在历史上，成都曾有过无数不同的雅称与名号，而最文儒的一个，莫过于"锦官城"。时至今日，我们仍可以借着杜甫笔下的野径、江船来勾勒出心中盛唐末期，成都地区的雨后胜景；也可以略一玩味诗人当年客居天府之国的雅兴。

而杜甫对于成都雨景的描摹，远不止于这《春夜喜雨》这首绝世名篇。

> 南京犀浦道，四月熟黄梅。
> 湛湛长江去，冥冥细雨来。
> 茅茨疏易湿，云雾密难开。
> 竟日蛟龙喜，盘涡与岸迥。
>
> ——《梅雨》

《梅雨》，这是一首相较于《春夜喜雨》的温柔，而更显深沉的律诗。诗人落笔之时，正值当年震惊朝野的"安史之乱"。安禄山叛逆，唐玄宗避蜀。成都，在那一时节被定名为"南京"。虽然皇帝最终并未踏足蜀土，却给安闲的锦官城又留下了一个不常为世人提及的新名字。

杜甫著名的草堂茅屋，恰好位于当时的犀浦道附近。他笔下的雨，自然也是茅檐溪畔的雨。

在诗里，"茅茨"是"疏"的，"云雾"是"密"的，"黄梅"是"熟"的。在冥冥霏霏的细雨中，杜甫为世人留下了"竟日蛟龙喜"这样意气风发又文艺气息十足的句子。

这足以证明，成都的雨景之美，美到能让诗人为之不吝笔墨。

除了杜甫，历朝历代还有无数文人也为成都的雨景留下了无数风流词句。

李商隐在《杜工部蜀中离席》写道：

座中醉客延醒客，江上晴云杂雨云。

陆游在《成都行》写道：

墨君秀润瘦不枯，风枝雨叶笔笔殊。

张籍在《成都曲》写道：

锦江近西烟水绿，新雨山头荔枝熟。

他们提笔着墨时，或是欢欣，或是悲伤，或是眷恋，或是激昂……诗人们，无论是怀着何种心绪写下这不朽的文字，到后来，终是斯人已矣，墨黄纸旧。

千百年后，迁客骚人皆化骨成泥，消亡于时间尽头。唯有成都的雨，依旧一春一夏地落，伴随着那些古老而优雅的咏雨文字，一年复一年，将繁华的天府市，变回文儒的锦官城。

2018年6月27日

《镰仓物语》：爱是生死之间的一座桥

以生命与死亡为命题的电影，近年来已是屡见不鲜。无论是恐怖惊悚抑或感人煽情，每每谈及幽冥世界，总让观众还未走进放映厅，便已在脑海中勾勒出无限遐思。

近日在国内院线悄无声息上映的日本电影《镰仓物语》，无疑算是一部关于人情与生死的佳作。与过往许多将死后世界描写得晦暗、恐怖的影视作品不同，《镰仓物语》里的黄泉之国，充满了奇幻色彩与市井气息。

有人说黄泉之国像《哈利·波特》里的魔法世界；有人说它与《千与千寻》里的汤屋异曲同工；还有人认为《镰仓物语》中对死后世界的描述一如东方版的《寻梦环游记》……

实际上，与诸多优秀的前作均不相同，《镰仓物语》不仅是在表达死后世界的"和谐"与"温情"，更重要的是在讲述爱对生死的影响与作用。

著名男演员堺雅人饰演的主角一色正和，为了拯救自己的爱妻，独闯黄泉世界上演"追妻大冒险"。这段原本应当是贯穿全剧主线的重要情节，实际上只占据了全片结尾约三十分钟的时长。影片将更大的篇幅用于描绘镰仓小镇上人与妖怪、人与神鬼之间和而不同的生活方式，为观众刻画出一个浪漫而不庸俗，诡异而不失趣味的幻想世界。

当"人情味"这三个字经由足够的情节铺垫浸润到人们心中之后，影片再不紧不慢地引入"黄泉追妻"这段主线情节。一番"人鬼大乱斗"及"女主角被恶鬼抢婚"的戏码，固然稍显老套，但配上奇妙的黄泉场景以及男主角"用想象力改变世界，最终成功救下心上人"的新奇设定，亦使得这段情节有特殊的可圈可点之处。

回溯人类文明史，无论是哪个国家，无论在哪朝哪代，对于生死，对于花妖狐媚，对于神鬼精怪，人们总是心怀敬畏。《镰仓物语》或许正是一部意图打破人们对幽冥世界"敬畏之心"的电影——故事里除了大反派天头鬼之外，其他人神鬼怪都具有怜悯之心，都是拥有爱心与温暖的存在。这样的设定，让原本透着冰冷的"死亡"二字，也显得不再令人心生畏惧。

值得一提的是，影片中人死后通往黄泉之国的方式是乘坐电车。

当生命走向终结，造型古朴的黄泉列车缓缓进站，踏上这一列电车，在平静或不舍，在淡然或遗憾中，结束此岸世界的人生。这或许是在暗示我们：人们从此岸到彼岸，从生到死，其实并无太多需要畏惧的东西。长路漫漫，生死之间，或不过是一场旅行罢了。

在等候黄泉列车的小站里，有和蔼可亲的死神小姐陪同逝者上路；在电车到站的彼岸世界，有先逝一步到达黄泉之国的亲朋好友在站台迎接——

如若生死之间，以爱为桥，或许这场每个人都无法逃避的临终时刻，也会变得不再凄怆，不再哀伤。

2018年9月25日

宿命，你将谁玩于股掌之间？
——浅谈《海边的卡夫卡》

《海边的卡夫卡》，村上春树著名长篇小说之一。在这本书里，有太多值得思考与遐想的所在，三年以来，每每翻阅皆感怀不已，故而今日想以拙笔浅谈一二。

全书的主人公——田村卡夫卡，是一名十五岁的少年。为了逃避"杀父娶母"的宿命，田村离家出走逃到遥远的四国，却依旧在阴差阳错之中以一种象征的方式杀死了父亲，与母亲姐姐交合。

故事的内容固然充满了魔幻现实主义色彩，但我更想探讨的，是推动故事情节发展的核心要素——宿命。

宿命，这是一个十分敏感的话题。人们常常在陷入不可解决的困境时提及这两个字，有些拿它作为不再继续努力的借口，有些拿它作为自我安慰的理由。

然而归根究底，所谓宿命，到底是什么？这个问题，由古至今，无论信与不信之人，似乎都无法给出一个明确的答案。

在《海边的卡夫卡》里，田村卡夫卡自诩为"最顽强的十五岁少年"。为了抵抗名为"宿命"的预言，他尝试着通过逃离原生家庭这样极端的方式，在艰难又孤独的远行中，去寻求逃避宿命的方法。

然而无论他怎么逃，终究还是没能躲过宛如"沙尘暴"一般的厄运。

故事里的田村，犹如命运织锦图上的一根丝线，无论他如何蜿蜒蜷曲，终究也无法逃避生活所给予的重磅打击。这好比是一个发生之前已写好结局的故事，无论笔者如何曲折它的过程，最终该通向终点的那条小径，也必将通向它早被定下的方向。

这个结局，看似是失败的，失败得彻头彻尾，失败得叫看客也随之沮丧。

主人公田村少年，被宿命狠狠地捉弄了一番——生活看似给了他一个可以逃离挫折的机会，却又以另一种形式将他玩弄于股掌。

可他真的输给宿命了吗？

也许并没有。

从另一个角度看，田村卡夫卡虽然没能成功摆脱宿命的枷锁，却自始至终都是以一个挑战者的身份，赌上一切地在与宿命认真搏斗。即使最终败北，即使并未能逃脱"沙尘暴"的洗礼，然而在经历过沙尘暴之后的田村少年，却已不再像来时的他那样稚嫩、脆弱。

如若将田村与宿命的搏斗看作一场战役，那么，在这场战役中的失败，于田村而言，亦是一场光荣的败北。在被宿命摆布的过程中，田村在竭尽所能地尝试着去改变宿命，去期待奇迹——要知道，奇迹永远不会降临在不相信奇迹存在的人身上，而与宿命的对抗亦是如此。你越是相信"天命难违"，越是对它言听计从，它便越要将你踩在脚底，覆于股掌。

实际上你会从中穿过，穿过猛烈的沙尘暴，穿过形而上的、象征性的沙尘暴……从沙尘暴中逃出的你，已经不再是跨入沙尘暴时的你。是的，这就是所谓沙尘暴的含义。

这段具有象征意味的文字，摘自原作（上海译文出版社版本）第一章第四页。这段话是田村的心灵独白，也是全书对整个故事因果始末的一段总结。所谓的"沙尘暴"，即是故事里众人所无法抵抗的悲剧性宿命。人们走进悲剧，发现悲剧无法更改，于是选择迎头直面；当悲剧悄然落幕，这悲剧里的主角也自然而然变得更加强大、坚毅、勇敢。

人，是这个世界上很孤独的一种动物。纵然我们有群居属性，纵然我们有亲朋挚友。然而，我们却因为比一般生物更高级，拥有更多思想与情感，故而会变得更容易产生矛盾和冲突——这种矛盾不仅会发生在我们与周遭关系之间，同时也会发生在我们自己心里。

大部分时候，我们都沉浸在自己世界的情绪之中，很多快乐或悲伤，都是无法为人所理解，是仅属于自身，无法与人共享的。这种独特性使我们更容易在遭遇宿命的考验时，变得格外脆弱，格外容易迷失自我。而此时，唯有努力去接受自我的缺陷和瑕疵，去接受宿命的打击与挫折，去接受许多我们自以为不能接受的悲剧结局，才能在失落中渐渐成长起来，顺利地穿越过命运的"沙尘暴"，走向更美好的未来。

也许有一天，宿命也会缠住你我的双足，让天崩地陷、沧海桑田式的悲剧降临在谁的人生里。倘若有谁当真如此不幸，那么，希望那位不幸的勇士可以记住——如果你注定将要迎来生命中一场必败的决斗，请你顽强地坚持到最后时刻。

　　做一个不朽的失败者，然后尝试着让自己相信：苦难之后，自有花开。

2012年12月30日

一代枭雄与诗歌

　　曹操，三国时期著名的一代枭雄。他挟天子以令诸侯，将衰败的汉家王朝翻覆于股掌之间；是中国历史与文学史上均不可忽视的重要人物。

　　在三足鼎立、群雄逐鹿的建安年间，许多传世诗作风格都颇为凄哀悲凉。战争和疾病在诗人们肉体与情感上留下了不可磨灭的烙印，生灵涂炭的战争给诗人们带来了无限忧国忧民的沉痛哀思。在这一时期，许多出色的文学作品都带有强烈的政治色彩与浓郁的悲剧情怀。

　　曹操作为魏国的创立者，虽然一生从未称帝，实质上却是一名不折不扣的最高统治者。俗话说"文如其人"。在曹操的行文之中便明显可见其笔风豪迈洒脱，颇具帝王气概。而他的名作《步出夏门行·龟虽寿》，便极富代表性。

　　《步出夏门行·龟虽寿》是一首感叹岁月流逝、风华不再的诗作。它成诗于曹操暮年，是一首十分符合建安时期"哀叹人生短暂"主题的诗作。在同一时期，同一主题的名作灿若星河——徐干曾写下"人生一世间，忽若暮春草"；阮瑀曾感慨"良时忽一过，身体为土灰"。

　　然而在渴望建功立业的王者笔下，"人生苦短"四个字却并不像芸芸文人那样悲困愁苦。一句"老骥伏枥，志在千里，烈士暮年，壮心不已"，极好地体现出枭雄迟暮之时，心头对江山社稷，对功勋基业不改的壮志豪情。

课本上以"古直悲凉"四字评论曹操这篇《步出夏门行·龟虽寿》，我心深以为然。诗中多用比兴手法，以老骥、神龟来自喻；用托物言志的手法，使得全诗在抒发壮怀之时又平添一层艺术性；令读者能朗朗上口，与之产生情感共鸣。

曹操与许多开国君王一样，有着很清醒的判断力，以及永无止境的野心。或许，在残酷的朝代更迭之中，在无情的权利战场之上，在风起云涌的三国时代，唯有同时具备这两种能力的枭雄，才有机会在混乱世间建立起一个全新的王国，开辟出一个全新的起点。

今人多偏爱曹操作为政治家的谋略与才华，而我更爱他那深深烙在诗歌行文之间的性格烙印。柏拉图曾在《理想国》中将诗歌贬低成"现实映射的映射"，将诗人拒之于理想国国门外；而我却以为，在中国历史上无数伟大的政治家、军事家——如辛弃疾，如范仲淹，如诸葛亮，如曹操……他们生命中极为灿烂的一面，均存留于为数不多的传世诗文之中。倘若没有诗作，倘若没有那些闲暇时喻志咏怀的行文，也许我们永远无法窥见，在冰冷的史书之外，那些伟大的先贤们，还有如此多情的，如此丰沛的情感。

这样的丰沛情感，承载着与贤达们创下的历史功绩相比毫不逊色的感染力。这力量足以让穿越了千年之后的读者，在细细品味过后，亦不禁想借拙笔寥叙满怀憧憬与豪情——

九月秋高天气凉，旭日清白露凝霜。

倚栏凭窗读旧卷，千古风流论玄黄。

神龟老骥傲天地，暮年烈士心不已。

半生戎马到古稀，风华岁月成旧迹。

韶华有尽梦难尽，岁月无情人多情。

经年翻覆天地后，壮怀凭风上青云。

稚子长歌论旧景，月下挥墨叙豪情。

古贤壮志今犹在，灿若日月耀人心。

2012年10月

《小偷家族》，一部不适合中国院线的电影

近段时间来，随着中日关系的缓和，国内各大院线日片上线量也逐渐增加。在日影排片量利好的大环境下，剧情片《小偷家族》亦在国内院线悄然上映。

不少观众冲着对日本剧情片细腻表达形式与翔实人性侧写的偏好，走进院线观看《小偷家族》。很可惜，这部电影无疑让对其抱有期待的部分中国观众失望了。

《小偷家族》的故事背景其实很有趣，它讲述的是一个生活水平极低，常年挣扎在贫困线上的五口之家，为了保障生活，经常由父亲带着本应上小学的儿子祥太去偷窃的故事。某日父子俩行窃归来，在路上捡到一个被父母虐待的五岁小女孩树里，最终，小偷家族因为可怜树里，冒着被当作"绑架犯"的风险，收养了这个小女孩。

随着剧情的发展，电影开始一点点慢慢揭开家族成员之间复杂的人际关系——爸爸和妈妈看似恩爱夫妻，实则是一对姘头，两人更共同谋杀了妈妈的前夫；奶奶和爸爸、妈妈看似母子情深，实则并无血缘关系，一家人只是因为想依靠奶奶的养老金过活才住在一起；小姑子亚纪看似是深受奶奶宠爱的幺女儿，实则是奶奶死去的丈夫和他原配的孙女儿，只因亚纪和亲生父母关系

不好，才离家出走和奶奶共同生活；儿子祥太看似是家里的乖小孩，实则是爸爸妈妈某日偷车时，从车里解救出来的、被原生家庭虐待的小朋友……

一家六口之间，谁和谁都没有血缘或法律认可的亲缘关系，然而，窘迫的生活却让他们选择同住在一个屋檐下，以家族的身份相互依偎取暖。

在影片最后，所有人看似都回归了自己原本的位置。

奶奶去世后，亚纪发现奶奶一直在向自己的亲生父母要钱——实际上奶奶对她的疼爱也并非全然发自本心。

树里被解救回原生家庭，可亲生母亲依旧对她不好，她又回到了原来吃不饱穿不暖的悲惨生活之中。

祥太被福利机构收留，开始像普通孩子一样读书，但他还是回去探望了小偷家族的爸爸，或许心中仍然对旧时的生活有不舍与留念。

妈妈因为一个人承担了"绑架罪"的罪名，在监狱服刑，而爸爸则过上了平淡又孤单的独居生活。

小偷家族就此瓦解，家人们仿佛从未在一起生活过，从未给彼此留下任何爱与关怀的印迹。

电影到此结束，影院里却不乏抱怨之声。许多观众在中途便不断埋怨"演的什么哟"，"好想睡觉"。而在观影结束后，一片"完全看不懂""浪费票钱"的声音更是此起彼伏。

为什么，一部单以文字叙述来看，应当非常有趣，且在许多评分网站上得分都不低，在网络上评价也不俗的日产电影，在院线现场，在一般观众口中的评价却如此糟糕？

若从这部影片的叙事手法和故事所发生的社会环境、文化环境来探析，便很容易看出问题症结所在。

《小偷家族》无疑是一部"很日系"的电影。影片从头到尾，极其重视在人物性格上的细节刻画；旨在通过对每一个角色多面性的表达，塑造出尽量贴合现实生活的，富有生活化的角色。

比如电影里妈妈这一角色，她既会在发现树里可能是受虐儿童时心生仗义情结，不惜冒着被定罪为"绑架犯"的风险，义无反顾地收养树里；同时也会在奶奶死后，毫不留情地从银行取走她所有的养老金和存款，并将此视为"一笔横财"。

这种人物的多面性，在每一位出场角色身上几乎都体现得淋漓尽致。甚至连只有几句台词的角色：比如和妈妈在同一家洗衣店打工的女同事，亦是如此——女同事既是妈妈的好朋友，会和妈妈相互包庇对方在工作中"顺手牵羊"客人衣服里零碎饰物的小偷小摸行为；一方面又会在洗衣店裁员时，毫不犹豫地用"如果你不主动辞职，我就告发你绑架树里"来要挟妈妈……

不得不说，日产电影在人物个体心理矛盾的刻画上近乎是登峰造极的。然而对于看惯了"大是大非""大善大恶"的中国观众而言，这种细腻到有些咄咄逼人的人性刻画，反而让人感到过犹不及，终究索然无味。

一般的中国观众，对一部作品精彩与否的最基本评判标准，便是观影前是否能让人单看简介便有所期待；观影中能否让人聚精会神、目不转睛；观影后能不能让人若有所思，或喜或泪。很明显，《小偷家族》是一部戏剧冲突并不强烈的电影，因而很容易让普通群众在观影过程中，时不时处于云雾缭绕的懵懂状态。

造成这种观影体验的原因，或许与电影引进时进行了部分删减，以及字幕翻译终究难不及原文有关。然而更重要的是，电影本身所携带的文化特征与观众生活的文化氛围大相径庭——纵然比邻多年，纵然文化渊源深厚，中日文化差异依然相当之大。或许这样的差异所造成的许多舶来片"叫好不叫座"，也在提醒着中国电影人——国人的审美，国人的情怀，国人的文化需求，终究需要中国电影、中国故事、中国导演来满足与呈现。

2018年8月7日

缘，妙不可言！

　　从古至今，在传统文化之中，对于生死总有着无限奇妙的解读与遐思。我们的先辈们幻想出幽冥之所，幻想出彼岸花开的黄泉世界。当这些幻想被挥笔着墨，再添上些温情与哲理，便会化作浪漫的动画故事，供有心人采撷。

　　今天，我想推荐给大家的是一部并不十分火热的完结动画片《此花亭奇谭》。很多人都以为，看动画片是仅属于青少年的专利；很多人以为，看动画片，只是看故事，看画面，欣赏CV老师们的声音艺术……实际上，一部好的动画片就像一辆在花间缓缓穿行的列车，是"踏花归去马蹄香"的盛景。观众从OP看到结局，能留在心底的，是贯穿故事始终的感动与温暖。

　　《此花亭奇谭》大约是2017年度最治愈人心的动画片之一。

　　故事讲述的是一所开设在"三界六道"交汇处，名叫"此花亭"的温泉旅馆。旅馆内有一群活泼可爱，性格各异的侍女小狐狸；一位刀子嘴豆腐心的女老板；还有每一集身份各异，各怀故事的奇妙访客——人、动物、妖怪、鬼魂、神明……

　　一部以鬼怪奇谈为背景的动画片，本应当自带惊悚色彩；然而《此花亭奇谭》却并无半点恐怖气息，它只是围绕着"缘分"二字，展开一个又一个温暖人心的小故事。

在故事里，有早年丧女的母亲，在弥留之际因为无限渴望见到早夭女出嫁的样子，而来到玄妙的此花亭旅馆，在梦境中与已经逝去的女儿重逢。纵然旁人都以为，这位年迈的母亲已经将多年前幼女夭折的痛苦忘记；殊不知，这份萦绕心头的思念却一直深埋在母亲心中，直到她也青丝覆雪，直到她也即将去往云彩缭绕的彼岸世界；这份丧女之痛，依旧是她心底里鲜活泣血的伤口。

在故事里，也有人与动物的奇遇。一只笨拙的导盲犬幼崽，在睡梦中化作人形逃到此花亭。只因它不像别的导盲犬小伙伴那样聪明，始终学不会各种技巧，从而使它觉得自己的生命毫无意义。而与此同时，一名陷入昏迷状态的大叔也在睡梦中来到此花亭旅馆。他因为性格过于坚强，害怕自己因为车祸后遗症成为家人的累赘，从而也不愿回归现实世界……一人一狗，在此花亭中相遇了。最终他们相互勉励，在彼此的鼓励下，一起重返人类世界——倘若故事就此终了，那自然是索然无味的。令人欣喜的是，在若干年后，大叔与导盲犬再度重逢——此时的大叔已经是一位身残志坚的盲人；而他当年在此花亭旅馆偶遇的幼犬，如今也已长成他身旁坚实可靠，能为他引路的导盲犬伙伴。

这便是《此花亭奇谭》若干小故事中的一部分。

在这些小故事里，没有太多曲折的情节，也没有大是大非、大起大落。有的只是那一点点简单的，由一个"缘"字引发的小感动、小温馨、小幸福。

故事是小的，也是虚幻的。可故事里的情感却是震撼的，是真实而令人动容的。

在现实生活中，我们都是父母的孩子，我们都有可能遭遇天灾人祸，我们都将面对生死离别所带来的伤痛。当所爱之人离去，关于爱的记忆，也将被汹涌奔流的时间扣押在心底。即使假装遗忘，即使故作轻松的继续人生之旅；待到弥留之际，我们仍会在重读自己人生"走马灯"的时刻，将逝去的情感唤醒。

在现实生活中，我们也会遇到生命中的低谷。每当挫折降临，我们总会本能地向身边的人或事物伸出援手，我们总依赖着生活中许多或巧合或必然的善意砥砺前行。这些善意就像暗夜中的点点星光，虽然遥远、微渺，却足以点燃一线希望，让我们凭借这一点儿光与温暖，度过人生中最漫长的寒夜。

文章至此，所言已尽。

而我提笔的初衷，绝不仅仅是想向你或他推荐一部动画片而已。我仅仅希望你，是的，就是你——那个在工作中忙得没空偷闲约朋友相聚的你；那个为生计奔波而抽不出时间给爸妈打电话的你；那个还在以应酬作理由推脱着不愿陪伴孩子出游的你；请你，分给亲人，分给朋友，分给爱你和你爱的人，再多一点点时间，多一点点关爱与温暖。

明天和死亡，哪一个会先降临？

你我皆不得而知。

我只知道，在《此花亭奇谭》里，有一幕镜头几乎看湿了所有人的眼睛——那是丧女的母亲，最终在梦里看见自己身穿着白色嫁衣的女儿时，微笑着，抬头望着天空中的彩虹说的一句话：

"今天真是好日子，志乃。就像你出生的那天，十分晴朗的五月天空。"

在这茫茫人世间，也只有妈妈会记得，你出生那天的天空，是晴，还是雨。

2018年1月29日

亲爱的，别再抗拒"妇女节"

"三八妇女节"是一个每年全国上下都会以不同形式庆贺的节日。在这一天里，有的单位专给女性放假，有的公司专给女性发红包，还有许多送花的、送小礼品的、搞活动的……然而这一切优待都是仅限于女同胞们的，无论你是刚入职的二十岁粉嫩小女生，还是即将退休的职场达人，统统都能享受同样的"妇女节福利"。就连线上线下的商家们，也都会选择在这一天做各种各样专门服务于女性的促销活动。

作为一名本土女性同胞，我们在享受着"三八妇女节"各种优待的同时，似乎也对这个节日有着一种暧昧的抵触感。

在大学校园里，很多女生都不愿意承认自己是"妇女节"的主角。似乎每一位女生都觉得"妇女"这个词听起来有些别扭；仿佛这个称谓是专门留给三四十岁，已经生过一两个孩子，挺着一两层游泳圈似的奶油肚，挎着菜篮子家长里短的油腻大婶。

于是，聪明的人们巧妙地避开了"妇女"二字，转而发明了与"妇女节"对应的节日"女生节"，并将"女生节"定在3月7日——妇女节的前一天，象征着"女生"在成为"妇女"之前的年轻、活力与美丽。

在网络传播力度如此迅速的今天，"女生节""女神节"甚至"女王节",这种既好听又体面的命名,很快就被大江南北的女性朋友们所接纳。以至于尽管我们都拿着"三八妇女节"的专属福利;尽管我们事实上也早就到了应当被称作"妇女"的年纪(我国法律规定十四岁以上的女性均称为妇女,十四岁以下则算是儿童),但我们谁都不愿意被扣上这个明显把人"喊老了"的称呼。

实际上"妇女"这个词源于东汉时期《说文解字》一书,书中记载:"处子曰女,适人曰妇。"所以现代汉语中的"妇女"二字,其实是将"妇"与"女"组合起来,作为未婚及已婚女性的统称。

原本并没有任何贬义的一个普通称谓,为何会遭众人嫌弃?

归根结底,或许还是因为当今社会环境下,大部分女性仍然被"年龄""家庭"和"社会地位"所束缚。即便是在我国——这样一个自中华人民共和国成立以来便一直提倡"男女各顶半边天"的文明国度,不少女性仍然会被"三十岁还不结婚""结了婚不生孩子""工作起来比男人还要man"之类的流言蜚语所困扰。

特别是在农村等文化水平偏低的地区,嫁女儿仍然像做买卖一样要先谈"彩礼钱",娶媳妇儿仍然是为了"传宗接代",男女性婴儿出生比例差仍然高得骇人……

时至今日,纵然有不少事业女性已经成为家庭收入的"半边天",甚至是"大半边天",却仍然需要面对带孩子、做家务、伺候公婆等家庭中的大部分的内务负担。因而在许多当代女性的生命中,婚姻仍像是一道可怕的门槛,硬生生把自己的生活隔成两半——

一端是少女时代的光鲜亮丽，是想飞就飞的自由小鸟，是可以肆意追求理想生活的逐梦少女；而另一端则是把生活的意义悉数奉献给家庭的"孝顺儿媳"，是奉献给贤良淑德的"黄脸婆"，是不得不牺牲自我大部分休息时间的"孩子他妈"。

于是越有知识、越有见地、越有自我意识的年轻女性，越是害怕自己变老，甚至于恐婚恐育。即使是在动画片里，大家也不再热衷于看到"公主嫁给王子从此过上了幸福生活"，反而更喜欢像《冰雪奇缘》中所描绘的"女主角依靠自我力量战胜困难"的故事。

当越来越多的女性群体被不平等的社会关系催逼着发出"念书时发愤图强，长大后不被逼婚"的宣言时，又能如何指望还有人愿意接受自己过早地被称为"妇女"？

诚然，我们不能期待时光倒流，期待人们回归到母系社会，回到女尊男卑的年代。即便是站在男女平权的角度，我们也不应当违背自然规律，强说女性身体机能等条件，在普遍意义上足够与男性比肩。但至少，我们应该承认一点——在社会主义新时代的今天，我国的女性与男性一样，都拥有实现自我价值、展现自我实力、追逐自我梦想、选择自我生活方式的权利。

如果有朝一日，当我们身边的所有人都不再以"妇女"为界限，来要求女性必须为了家庭妥协掉自己的事业和追求，必须以"适龄婚育"来作为划分成败的标准，必须在社会关系中成为男性的附庸；如果真的有这样一天，相信便再也不会有女孩子，会因为被称为"妇女"而感到不悦了吧！

"三八妇女节"，多好的节日啊！这是一个充满荣光的节日。它始于1909年美国芝加哥的劳动妇女罢工游行集会，也是一个为了尊重和庆祝女性在经济、政治及社会领域的成就而专门设立的节日。

百余年后的今天，我们是否也能再一次发自内心地认识到"妇女节"这三个字的分量究竟有多沉重，有多珍贵？又是否能明白，作为一名妇女，是每一位女性多么值得为之感到骄傲和自豪的一件事⋯⋯

2018年3月8日

一部被票房与口碑"双捧杀"的电影

近两周来，《我不是药神》无疑算是一部在网络上吹爆的电影。不少观众是笑着走进电影院，哭着走出放映厅，人们可谓是被这部国产剧情片赚足了眼泪。

网上夸赞电影的文章和评论铺天盖地，豆瓣评分也一直稳稳居高不下。然而如果认真分析电影的结构和剧情就不难发现，其实真正推动人们观影情绪的"泪点"，其实并不完全在于电影本身。

作为一部诞生于电影工业化时代的国产片，《我不是药神》的电影工业化痕迹可谓是肉眼可见的明显。从选题到人物塑造，再到剧情推进，以及后期宣发所选择的推广点，都颇有些"投机取巧"的意味。

影片取材于真实的"印度假药"事件，主人公和故事都源于切切实实的生活。乍一看，让人仿佛以为这一次终于有电影人敢于高举艺术大旗为社会问题振臂高呼；终于有人敢替现实社会中不公平、不合理的现象平地一声吼；甚至有人吹捧说是这部电影推动了医疗制度改革……实质上，这样的吹捧显然是某些网络营销号的无稽之谈。电影最后已经明确地通过字幕告诉给观众，故事里出现的那种"正版天价药"，早在成片前就已经被列入医保，而这部电影不过是在演绎一个已经发生过的故事罢了。

《我不是药神》通过典型的艺术手段加工，将现实中主人公的"成长史"强化，使主角的人格升华变得更明显。主角的原型人物，在现实中原本只是为了给自己治病，后来他开始无偿造福病友，最终因为好心帮忙差点遭受牢狱之灾。

这样一个比较纯粹的"好心人"形象，在电影里被塑造成了一个为了钱而搞"药代"的药贩子。最终，主角经过朋友去世，病友为护药而死等诸多打击后，蜕变成了"自己贴钱给病友们买药"的慈善家。

这样的塑造无疑让人物本身显得更有层次，更丰满动情；同时也更容易推动剧情发展，让剧情跌宕起伏，冲突不断。然而与此同时，这样的改编也让电影本身变得过度类型化、快餐化，让目光较为敏锐的观众能够明显感受出一种"套路感"。

而这种"套路感"或许也是目前国产剧情片的一种通病，即对故事情节的处理远远大于对人物的刻画与塑造。在这一点上，国产片往往很容易被拎出来与日韩电影进行比较。

韩国电影更注重故事的真实性，他们并不热衷于大团圆的、"好人有好报"式的结局，而更乐意将血淋淋的现实搬上大银幕，让观众跟着剧情一起感受来自人性与社会的冰冷刺骨；日本电影则更注重对人物本身的刻画，喜欢塑造"无责任悲剧"，即无论是好人还是坏人，都会通过对其人物性格多面性的表达，来展现一种"好人不全好，坏人不全坏"的效果，让观众较于欣赏剧情而言，更容易与角色本身产生共情感。

这两种方式不仅需要制作团队将更多的心思用于剧本打磨、角色甄选和拍摄过程之中，同时也需要创作者对观众的审美意识有足够的信赖。而这种信赖，无疑并不适用于国产院线。

纵观今天的影视行业，无论是国产电影也好，国产电视节目也罢，都更倾向于迎合观众审美所需的"快销"二字。为了追赶这种快节奏的审美趋势所带来的高额票房收益，许多艺术创作者都会干脆地舍弃掉原本应当通过细节升华而逐步展现的角色内涵或故事细节，而将更多心思花在营销推广上面。一部电影的制作成本是有限的，如何分配有限的资金资源，是用于打造更精良的作品，还是用于投放更有效的市场营销？这或许是一个见仁见智、难以直言的话题。然而从之前几年里大银幕上频频生产出的一部又一部，既说不上不好，也实在不值得让人反复咀嚼的"快餐式作品"看来，中国电影人在这个问题上，还有很大的思考空间。

而《我不是药神》这部电影便是一个较为典型的案例——它亮眼的地方诚然足够引人注目；它确乎是如网上诸多影评人所言，将一个前人不敢明言的话题搬上了银幕；同时剧里的演员也确乎为塑造角色而付出了十足的努力……然而这一切的一切，对于一部电影本身而言，不过是"骨"，是"血肉"，是表象，而非灵魂。

观众们在观影时为《我不是药神》哭泣，在观影后亦为之喝彩；然而这一点儿感动与欣赏，却也极容易被时间吞噬——这部电影以及这部电影给我们带来的笑与泪的影子，又能够在我们脑中存留几天呢？遗忘。究其根本，是因为它未能给予过我们足以刺痛灵魂的震撼。

每当此时，总让人不禁怀念起那个"车和马都很慢"的时代。那时我们还能够看到《霸王别姬》和《大红灯笼高高挂》这样的剧情片；那时候的作戏和看戏的人，都有足够的耐心和情怀去等待一部由表及里，都足够令人震撼的中国电影。

2018年8月17日

从归去到归来的旅途

最近，有不少同事、朋友都开启了"朋友圈屏蔽"模式，只因为《复仇者联盟3》在国内比海外上映档期晚了十来天。为了能三百六十度无死角躲避来自四面八方的剧透，漫威迷朋友们纷纷都使出各种看家本领。一路严防死守，只为了能在5月11号电影上映之日，亲自杀进院线，一口气看个痛快。为了实现"不被剧透"这一伟大目标，平日里的"低头族"们甚至不惜放下手机，对一切外界消息来了个"眼不见为净"。

看到这样的消息，或许你会觉得很诧异——不过是一部电影而已，怎么会值得众人这般如临大敌？

其实电影本身，不外乎是典型的超级英雄大片套路。故事因果也并没有逃开"情、仇、财"这三个字。纵然影片中将天上地下、科幻神话的元素都巧妙地串联在一起；归根究底，也不过是一群人出于各种各样的目的打来斗去的古老桥段。

然而越是古老的东西，越是容易打动人心。

自打电影史发祥以来，优质的英雄主题电影就从来没有真正遇冷过。无论是早年震惊海外的中国功夫片，还是一直以华丽著称的太空歌剧电影，以及迄今为止仍然由DC、漫威两家轮流扛大旗的科幻英雄片……主角拯救世界的终极奥义，始终能为观众带来最酣畅淋漓的快感。

归根究底，观众会愿意掏出钱包，走进电影院为一部电影的时间买单，或多或少是抱着一种渴望而来——我们需要在凡俗压身的生活中，经历一次精神上酣畅淋漓的冒险旅行。

在生活中，我们都是平凡的小人物，都会为了柴米油盐而苦恼，会因为人情世故而忧心。

在生活中，我们改变不了既定的现实，我们只能眼睁睁看着坏事发生，看着恶人逍遥法外而无计可施。

在生活中，我们渴望成为伸张正义的大英雄，却终究无法改变凡人本平庸的卑微事实……

生活总是在不断告诫我们：生而为人，微如蝼蚁。

而英雄电影却总能巧妙地以各种方式，让"平凡人"渺小的身躯迸发出足以点燃一簇伟大火光的力量。这样的力量，会让观影者凭空收获有一种"虽不能至，心向往之"的欣喜与希望；让人们足以在现实世界里无计可施、孤立无援时，不至于感到太过凄凉。

在美国经济大萧条时期，好莱坞歌舞片和卓别林喜剧片便因为同样的理由而"爆炸式"卖座。人便是这样一种神奇的生物——生活越是艰难苦涩，便越需要在幻想世界中寻求精神慰藉。

而漫威电影迄今为止十八部不败的战绩，引发全球观众狂欢式的膜拜之情，究其根本，便是它们一边顺应着不断变化的社会形态与受众审美需求，为观众带来最新鲜的视听刺激；一边秉承着最初的执着，让人们在电影中既天赋异禀又有血有肉的超级英雄身上，得以找到自身无法实现的正义与坚韧。

　　唯一让人感到有些许遗憾的是，在我们身旁仍有不少人，在狂热崇拜着电影里超级英雄正义行为的同时，又对身旁的小善小恶无动于衷，对身边真正需要帮助的人视而不见……

　　若说观影就像一次身临其境的旅途，从归去到归来，我们是否能明白，自己究竟为何要去寻求银幕世界里的那份精彩呢？

2018年5月3日

老外公的故事

前年得知外公霎耗之后，不能至床前尽孝，欲为逝者撰写悼词以弥缺，无奈高考在即，未能遂愿，遗憾之至。今另撰此文，聊以慰藉耳。

我的老外公，是一个极擅长讲故事的人。

幼年时，他的故事曾伴随我度过了无数个闲暇的午后，伴随我看着庭前多少朵茉莉花开花败。那一个个长长短短的故事，犹如缤纷落红，层层叠叠，铺撒在我幼小的心头。直到多年之后，偶然间再将它们拾起，也依旧是不曾褪色的欢乐回忆。

我是喜欢听故事的。

孩提时的我，总爱叫老外公一遍又一遍重复着讲每一个故事。而老外公，也总是乐得哄他的宝贝外孙女儿开心，情愿翻来覆去地讲。

可在那众多故事里，只有一个极为特别。那个故事，老外公只讲了一遍，便再也不肯复述。

那是我外婆刚刚辞世不久的一个午后，那一年，我四岁。

那是在一个阳光和煦的日子，这样的晴天，在四川的深秋向来是不多见的。在温润的阳光里，妈妈和家里其他大人都外出去忙着筹备外婆的丧葬事宜，只留下老外公看家陪我。

那天午睡前，幼小无知的我，还是一如既往地缠着外公讲故事。

老外公沉默了很久，而后赖不住我反复要求，终于还是讲了个故事。

那是个奇怪的故事——

"在很久很久以前，有一座山脚下住着一家人——老婆婆、老爷爷和小娃娃。他们很幸福地生活在一起。有一天，老婆婆突然不见了。老爷爷和小娃娃都很着急，到处去找啊找啊……可是在哪里也找不到老婆婆。后来有一天，老婆婆突然回来了，她告诉老爷爷和小娃娃，她是去了一个很远很美丽的地方，那里开满了桃花，所有人都很幸福、快乐，没有疾病，也没有痛苦……"

讲到这儿，老外公的声音渐渐变低了。他的眼神变得很哀伤，眼眶湿湿的渗着泪光。

那一刻，我第一次感觉到外公真的老了。

他脸上的皱纹从来没像这样的松弛、明显，每一道皱纹都静静地垂着，和他的目光一样，悠远地望向远方，看不出是宁静还是伤感。

但是当时的我啊，那个才刚满四岁的小姑娘，又怎么能读懂这沉默背后的哀伤？

我只是不停追问着："后来呢？后来呢？"就像往常每次听老外公讲故事时，那样急不可耐地催促着想听到结局……

良久，老外公终于再次开口，用稍微有点颤抖的声音，慢慢地说完了这个故事。

"后来啊，老爷爷带着小娃娃两个人一起生活。直到有一天，老爷爷也去了那个地方——去找老婆婆。又过了好久好久，小娃娃也去了。大家都去了那个开满桃花的地方，又一次幸福快乐地生活在一起。"

故事讲完了，四岁的我满意地睡去，并不懂得去思考老外公的故事背后，究竟隐藏着多少对外婆的思念，又隐藏着多少不能言说的伤感。

至今为止，我仍觉得，这个老外公不肯再讲第二次的故事，或许是他给我讲的所有故事中，唯一一个自己编的故事，也是唯一一个由心而生的故事。

生死无常，祸福旦夕。

正因为体会得太深刻，所以才不愿再次提及。不愿再次提及，或许也是怕触碰到心里最柔软的那处伤口……

事到如今，光阴已飞逝十四余载。

当时不谙世事的小娃娃，如今已经能坐在笔记本电脑前，将往事书写成千字有余的文章。当时和小娃娃一起寻找老婆婆的老爷爷，如今也已去到那开满桃花的冥河彼岸。

我的老外公走了，在二〇〇九年的新年钟声里去到了那个故事里无病无痛、幸福美满的世界。

他走的时候，他最爱的小娃娃因为准备参加高考，没能守在他病床前送他最后一程。

他走的时候，还有另一个更小的小娃娃——我还在念小学的小妹妹，还在哭着闹着说：

"老外公上次讲的故事还没讲完……"

可惜时光就是这样匆匆无情，时钟从不会因你还有遗憾而停止它的步伐，该离开的人终将离去，无论周遭亲友是不是已经做好准备与他挥手告别。

而今再度回首，三岁时手拉着手，一起在后山散步，嗅麦田清香，看油菜花黄的祖孙三人，已然只剩下我一个。

也说不上孤独，也不觉得寂寞。

地球缺少了谁都旋转依旧，时间总能冲淡伤感，愈合伤口，融化记忆，让曾经波澜壮阔的情绪归于平静和习惯。

可是习惯了，又如何？

再次执笔，回眸流年，依旧是潸然泪下，不可扼之。

2011年夏

《动物世界》？不，是金钱世界！

最近一部由漫画《赌博默示录》改编的国产电影《动物世界》，在各大院线相继成为爆款。排除掉国产电影惯有的水军营销与商业互吹，平心而论，这部电影仍值得拥有80分以上的好评。

有人为电影中跌宕起伏的剧情打call，认为其虚虚实实的叙事手法虽无开山之势，却也足够紧凑精彩；也有人觉得故事中的人物形象刻画鲜明，无论是主角郑开司的双重人格，还是配角大虾米、小胖在金钱面前的反复背叛与同盟，都让不同的角色产生了独具特色的人物性格；还有人被电影鲜艳的色调所吸引，对影片极富视觉冲击力的调色手法大加赞赏……

即便从不同的角度来欣赏，《动物世界》都无愧于"浓墨重彩"这个四字评价。无论是人物性格的激烈冲突，还是叙事脉络的碰撞曲折，甚至于整个影片小丑出场时对比色极其强烈的画面，都向观众昭示着这部影片的主旨——金钱，是令人性扭曲的丑恶之源。

我们生而为人，站在自然界食物链的最高点；我们用物质和金钱为自己置办起名为"文明"的华丽外衣；我们用科技和智慧让自身与一般生物区别开来。可在《动物世界》这部电影中，脆弱的人性却在金钱和利益面前全部返祖归零。游轮上的赌徒们为了钱出卖朋友，背叛感情；唯独郑开司一直不愿意抛弃人性，却成为整个赌博游戏里最滑稽的"小丑"。

原本郑开司是为了替朋友还债而登上命运游轮，被迫成为一名赌徒；而在金钱面前，这名赌徒却始终未曾迷失自己的良知与善意。带着惯有的主角光环和一抹人性亮色，主角郑开司最终在象征着欲望和丑恶的黑暗的赌博游戏里惊险获胜。然而最令人感到讽刺的是，这场胜利，是由主角双重人格中，名为"小丑"的那个人格来完成的。

在日常生活中，郑开司就是一个无能、颓废，上班迟到下班借钱的屌丝形象。是万千大众中那种"多他一个不多，少他一个不少"的芸芸众生。然而，当人格转换成带有讽刺意味的"小丑"之后，他却变成了善恶分明，不为利益所动的英雄。

这一个不易为观影者所察觉的反讽，或许也是导演在暗示着我们——不要轻易相信目之所及的是非黑白。

外表滑稽暴力的小丑或许正怀揣着一颗赤忱的正义之心；而那些衣冠楚楚的伪善者，也许正是被金钱、欲望所吞噬的人皮野兽。

人，被极度丰富的物质所包裹，在进化中渐渐褪去兽的外衣，变为自然界中顶天立地的最高级生物；人，却也因过度奢靡的物质欲望而逐渐被腐蚀掉人性，在金钱的诱惑下，蜕化回无情无义的衣冠禽兽。

《动物世界》向我们讲述的，从来不仅仅是一个赌博与良心的故事。它在以黑色幽默的叙事手法，控诉着这个世界上此时此刻的、正处于你我身边的，那些只可意会，不可言传的悲哀现实。

2018年7月4日

一曲琵琶人未语

——《一个陌生女人的来信》观影笔记

影毕，一曲琵琶，无语泪阑珊……

我很少在看完什么电影之后，如此沉默。心中既有千般思绪，又无法付诸言语，正如片中的"我"一般，一腔爱意，唯有对月独倾。纵有千斤笔墨，万尺白宣，也难以描绘此刻的心绪——是悲哀，是无奈，还是惋惜？

每个人都有属于自己的世界，在那个世界里，一切是那样干净、纯粹，甚至连影子也没有，只有自己。纵使身旁的世界乾坤颠倒、沧海桑田，心里的世界，也依旧一片和煦如春。

有些人，从未经营过自己心头的那片园地；而另一些人，却甘愿为了守护那片园地，倾付终生。

我不知该叹那女子太庸懦，还是该赞她的坚毅与执着。

她是这世界上最笨的女人，明知不能爱，明知没结果，却还要将自己一生韶华倾注于这无果的爱意里。又或许，她方才是这滚滚红尘里最聪明的一个——问世间情为何物？何处有天长地久？所谓相爱，所谓海誓山盟，在那匆匆百年岁月过后，到头来，不过是一场尘归尘、土归土。

而她，至少在这短短的一世繁华中，轰轰烈烈地爱过恨过。

纵使这一遭爱恨，由始至终都那样孤寂、苍凉。

在她的世界里，她始终孤身一人。她却也凭着这一世孤身谱写成了一部最荡气回肠，最无愧天地，最清明澄澈的恋爱篇章。

倘若她真的活在现世，或应当有多情善感的文人墨客，来疼一疼这女子。或会有人为她填词撰曲，或会有人将她描骨入画。

只因她的匆匆人生，真犹如一曲弦上琵琶——弦已绝，声未消；声已逝，人未老。纵使曾经有过千种风情，万般韶华，也不过手起弦落般仓促。

花有开时之华丽，亦有落时之寂寥。

当短暂如春的生命，默默消散于浩然长空之后，可还有人记得，那春天的颜色，曾有多么曼妙、蓬勃？

可庸碌世人又如何能知晓，一朵花儿，所求所向，也不过是这短短一季韶光。纵然转瞬即逝，亦要不负春光。

人生在世，于宇宙，于天地，于自然，于万物，何其渺小！不能撼天动地，做出一番百世流芳的成就倒也罢了；但若终其一生，连自己心之所向也暧昧不明，那大约还不如执着于春日的娇花宠柳活得绚烂！

莫叹韶光短，莫嘲怨女痴，莫笑坤丑癫，莫嗔墨客狂。

其中滋味，君可知否？

2013年4月26日

那些年，我们都是"玛丽苏"男 / 女孩

近来，不少十几二十年前的青春偶像剧，又一次霸占了人们的视野，迎来了它们在视觉传播上的"第二春"。现在已经身为社会经济发展中坚力量的80后和90后，或多或少都曾经被这些电视剧所倾倒——《紫禁之巅》《公主小妹》《微笑PASTA》……

还是熟悉的名字，还是熟悉的画面，只不过这一次，在网络上二度疯传的老牌青春偶像剧，早已失去万人空巷的魅力，只剩下一个"尴"字可言。

"这些尴到爆炸的电视剧，当年竟然还觉得很好看。"

"以前看还没发现，原来我熬夜追的剧竟是'尴舞界'的鼻祖！"

网友们毫不吝啬笔墨地调侃与自我调侃着曾经被青春年少的自己所追逐的"神剧"。而这些曾经赚取了无数人青春眼泪的电视剧，而今又为同一拨人带来了茶余饭后的笑料谈资。

几乎每一个人再看到这些神剧时，都会在转发评论中自问一句：

当时为什么会觉得这剧精彩？

细细想来，同一部电视剧在"神剧"与"尴剧"之间的定位

变化，其间横跨的，不仅仅是十余年的时间鸿沟，更是一种经济腾飞、社会发展所带来的必然性文化现象。

在信息越来越发达的今天，人们的眼界越来越开阔，接收到的知识面与咨询也越来越丰富。与之并进的，是人们文化意识与文化自觉性的双重发展。在人们对爱情尚处于遮遮掩掩、碍口识羞的20世纪70年代，突然闯入大众视野的琼瑶言情剧和邓丽君小情歌，能引发一阵近乎"朝圣"的崇拜热潮；当我们和海峡对岸的世界尚有隔阂、对港台地区还不甚了解时，我们会蜂拥追逐甜腻的青春偶像剧和义气的古惑仔。

而今，信息技术发达到足以跨越地域鸿沟；我们的社会文明也已经开化到足以接纳个人情感与思想言论自由的程度。过去那些惹人向往的青春偶像剧，便也不再勾人心魂，而是化作一道带着众人微笑与泪水的时光记忆，永远停留在80、90后们，曾经的青葱岁月里。

谁人年少不轻狂？

而今的80后和90后已然走过十来年前那个"为赋新词强说愁"的花季雨季；我们的社会也随着时间的推移逐渐成长，逐渐进化。一代人长大了，身旁的文化环境也变了。唯有当年的爱与狂热依然活在记忆里，化作今天茶余饭后的欢乐，依旧陪伴着你我。

已化为胶片的"神剧"们，诚然不会为时间所改变，它们会在今年、明年，以及多年以后，依然如故地暗示着你我：那些年，我们都曾是"玛丽苏"男/女孩。

*玛丽苏：网络虚构名词，主要用于形容一部影视或文学

作品中，形象过于"完美"，脱离现实的主角设定。该词汇亦泛指读者的一种幻想心态。

——作者注

2018年7月10日

眼没了，心就亮了

自从去年纪录电影《二十二》上映之后，中国纪录电影史上算是掀起了一阵新的热潮——国人第一次自发地形走进电影院，为一部电影背后的真实历史伤痕贡献票房。

今天我想谈的，也是一部同类型的电影《没眼人》。

看到这样的开头，也许你已经丧失了兴趣，但我希望你能拿出宝贵的5分钟时间，把接下来的文字耐心读完。因为这篇文章里，包含着一段即将被岁月磨灭的历史，一个不算荡气回肠却朴实动人的故事，和一支正在渐渐消失的文化传承队伍。

> 四千多年前，一个叫辽的地方在供奉祖宗的祭祀仪式上，有一种手舞足蹈的吟唱，后来渐渐演变成了当地娱乐的小调，称里辽州小调。小调古老的曲牌曲目口口相传，很多歌山里人不仅倒背如流，内容还可以因时遇事现编随卖。
>
> ——《没眼人》

这是一段摘自《没眼人》同名随笔集的文字。与电影一样，《没眼人》这本书，是导演亚妮在完成了历时10年的拍摄后，记录下来的真实故事。书里记录的，是一群鲜活的小人物，是那些或还在世，或已往生的，传唱着古老民歌小调的灵魂歌者。

这些小人物，就是没眼人。他们贫苦，他们眼盲，他们一辈子靠山吃山，却依旧能为了生活而努力望向没有光明的未来。

没眼人唱歌，快乐也唱歌，辛酸也唱歌。一声大锣一声鼓，扯起嗓子就唱，歌声能撼天动地，也能触及人心底里最柔软的那片麦田。

　　这个鬼里鬼气的老瞎子，是个往返阴阳的智者。在他的歌声里，活就活个情，那是亮堂堂的天；埋就埋个爱，那是红灿灿的地。

　　屎蛋唱歌的样子，总能勾起我心深处泛着酸楚的某种想念，那梆子犹如明器，又常常牵住我梳理生命换赎的思途……再凄惶的事，不还有唱不完的歌嘛，唱了忘，忘了唱……

　　后来田青第一次听没眼人唱，开场也是七天的《冯魁卖妻》，把啥阵势都见过的老田青听得当众痛哭，直说阿炳还活着，这歌他得跪着听！

　　　　　　　　　　　　　　　　——《没眼人》

书里的话并不带半点吹嘘。只要去听一听《冯魁卖妻》，听了就懂了——那是在用心唱的歌，一字一句都蕴含着对生活的理解，对苦难的共情，对唱词的感同身受。

这是一种不同于录音棚里技法娴熟的歌手们所使用的唱法，歌手唱的是歌，没眼人唱的是生活，是命。

在没眼人的歌声里，没有对嗓音的卖弄，没有对技巧的炫耀，有的就是最质朴的情感。这种直白的情感剖露，让人听了直想到杜甫那句"杜鹃啼血猿哀鸣"——这原不是用于形容歌者的诗句，却只有这一句诗，能形容得出没眼人把命拴在歌声里的至真至诚。

他们没有眼睛，但他们的心却比一般明眼人更细腻敏感多情。这份多情，是对亲人的眷顾，对恋人的真挚，对朋友的仗义。

亮天和七天是兄弟俩，七天是没眼人走山队伍里的队长，亮天是考上大学后留在北京工作的"城里人"。纵使两人之间有着无数的恩怨纠葛，在十六年后的今天，兄弟依然是互相之间最真实的依靠。

　　　等亮天弄清楚为什么七天情愿在北京露宿街头也不急于找他的原因，一种愧疚裹住了他。那种绝不刻意的善良，那种把所有家人都拴在一根命柱子上的亲情本分，终究让一切，归了血浓于水的简单。于是打了十六年的结，就自然地松了开来。

　　　　　　　　　　　　　　　　——《没眼人》

这中间的故事很长，寥寥数语写它不明。只是故事里那种真切而纯粹的兄弟情谊，是足以震撼人心，也是对得住这十六载光阴的。

像这样无法三言两语说清的故事，在《没眼人》的电影里，还有很多。

这部电影拍了10年，原本叫《没眼人》，后来取名叫《桃花红杏花白》。因为资金不足，因为没有人愿意为"瞎子的故事"出资，这部电影至今仍处于后期制作阶段。

不知道何年何月，它才能出现在大众面前。

观众们可以等，但故事里的主角们，却等不得这么久了。

10年前，电影开机的时候，这支没眼人"走山卖唱"的队伍，一共有11人。

而今，只剩下9人。

岁月不会因为没眼人身世凄惨，就对他们格外恩赐一些。生老病死，众生无异。

在没眼人的世界里，死与葬，绝不仅仅是一个单纯的仪式。

当社会上的高知分子们在物质极大丰富之后，早已开始追求精神上的淡薄与高尚。可在没眼人所生活的小山村里，人们依旧将死亡，看作是重生的开始。

> 柴沟葬人的风俗很特别，不立碑不垒坟，挖个深坑，棺材头朝上立着入穴，抹平后只在上面种棵树完事。他们从来都认为，树能留住人的魂，树越繁茂，后代就越发达，所以选一棵好树是柴沟人一辈子的头等大事。几百年下来，柴沟满山满坡都是好树，好树下，埋了好几辈的人。
>
> ——《没眼人》

正因为活得艰难，活得悲苦，才会将希望寄托在死后的幽冥世界，才会敬天敬地敬鬼神。

"鲜花代替纸钱""火葬代替土葬""绿色葬礼保护环境"……这些在城里人看来已是丧礼常识的事情，对于没眼人而言却仿佛是来自另一个星球的谬论。他们要厚葬，他们要攀比，他们要在葬礼的路上点一路的"亮眼灯"，他们祖祖辈辈地相信着，只要死得风光，葬得安逸，才能在黄泉路上不再受人欺凌，才能在转世投胎之后不再困苦。

所以死亡，远比生大。

这种原本在常人看来毫无科学依据，也违背社会准则的思想，放到没眼人身上，偏偏不显得无知或荒谬——对于活得足够幸福的人而言，生命已经不需要依靠对天地神鬼卑微的崇拜来支撑。可对于没眼人而言，支撑着自己度过余生的每一天的最大奔头，便是有朝一日，能死得风光。

若不是向死而活，这坎坷的余生，又有什么好盼头呢？

没眼人的音乐伯乐，著名音乐家、中央文史研究馆馆员田青，曾经这样评价没眼人：

"没有欲望和遮掩的快乐，是真正的快乐；能坦坦荡荡活着和死去的自由，是真正的自由。"

或许，当你看完《没眼人》这本书，抑或有幸在未来一览《桃花红杏花白》这部讲述没眼人故事的纪录电影后，你也会明白，那种生死之间最坦荡、最真诚的活法。

仅是生而为人，已然善莫大焉！

2018年4月16日

中国文学与西方文学悲剧意识的差异

在苍茫的历史长河中，东方文明与西方文明从千百年前就开始以各自特有的形态逐渐发展起来，时至今日这种形态迥异的文化特色已深深烙印在东西方人的生活与思想之中。文学，作为文化的一种重要传播方式，自然也因为文化的差异而天差地别。

在此，我想浅谈一下中国文学与西方文学悲剧意识的不同之处。

众所周知，中华民族是以含蓄、包容、坚贞为优良传统的民族。这样的民族特质也很明显地渗透到了文学作品，以及文学作品的悲剧意识之中。

五千年中国文化，从古至今，孕育出无数优秀的悲剧文学作品，如《窦娥冤》《赵氏孤儿》《水浒传》《红楼梦》等。除了戏剧和小说之外，在诗词歌赋上，历代诗人词家也有过许多催人泪下的作品，如婉约派的大部分词作及许多现实三文诗歌。

这些悲剧作品有一个很明显的共同点，即它们都很注重以渲染内容的凄惨或结局的无奈来感染观众，通俗而言，便是具有很明显的"泪点"。《窦娥冤》《赵氏孤儿》是以主人公遭受到不公待遇的情节来打动读者的善心；《水浒传》《红楼梦》则是以结局一百单八将的离散和贾府"树倒猢狲散"、宝黛爱情支离破碎等悲剧性结局来引发读者的感叹；诗词如苏轼的《江城子》，开篇便以一句饱经沧桑的"十年生死两茫茫"让人感同身受……

中国文学是小桥流水，是雨打芭蕉，是细密而敏感的化身。国人很擅长通过赋比兴等手法，引发作品与读者之间的情感共鸣，而后再以纤细曲笔一点点挖掘出足以引发读者共情的记忆，让读者能够从文字中找寻到生活的影子，找寻到自身对于某些人事物所产生的怜悯、悲哀、伤感或痛苦之情。这样的写作手法无疑是高明而讨巧的。人类本是很感性的动物，有情有义方能长存于天地之间。而中国文学作品则很好地抓住了人们对于情义的感悟和重视，并通过委婉的表述方式，将其有效地放大到文学作品之中。

而西方文学塑造悲剧的"秘密武器"则全然不在此道。

西方作家笔下的作品更具有哲理性和社会性，他们更善于思考而非感悟，这与他们的传统文化和思维方式密不可分。

中国人对于情意格外重视，如血缘亲情、家族观念等，在国人的世界观里始终占有极重的分量——这一点从每年的"春运大迁徙"便能够很好地体现出来。而西方人更注重对事物的理性判断与思考，比起"晓之以情，动之以理"似乎更深入人心。很明显，西方人在科学和法律的文明程度上确乎是起步更早，也更具历史性的优势。而这也是他们重视理性的象征之一。

因此，在西方文学中，即便是悲剧作品也往往也会以一种逻辑错位而造成不可逆转的错误进程呈现出来。随着故事情节发展，这样的错误进程将诱发误会、猜疑与错行，最终造成悲剧。简而言之，西方文学的悲剧，在起点与终点之间仿佛有一条链子，恰巧环环相扣在一起，最终形成悲剧闭环。像《俄狄浦斯王》《哈姆雷特》这样的经典剧作，就很明显带有一种理性的悲剧意识。如果俄狄浦斯王的父亲没有将他抛弃，他就不会经历之后的种种变故，最终杀父娶母；如果哈姆雷特在向叔叔复仇的时候没有犹豫不决，那么最终故事也许会向更美好的方向发展。

西方文学的悲剧意识，注重的便是情节递进之间的因果关联性。作品本身强调的是故事发生的起因、经过和结果，而非悲剧发生时人们情感上的变化。西方作家似热衷于描写人物的心理活动，喜欢描写事态发展的转折，却疏于去挖掘与天理人伦相关的世俗情感。

西方的文学是高山瀑布，是万马奔腾，是缜密而理智的化身。他们笔下的文字更为坚硬，行文之间往往夹杂着一些难以用语言简练概括的，富有象征性的哲学道理；故事里许多人物都映射着现实世界不易察觉的是非，却又极少直白言明。在西方文学的悲剧意识中，悲剧即为悲剧本身，悲剧是人类无法违抗的一种外力。这种苍凉的悲剧力量，正是出自人类无法改变自身悲剧而又不得不与悲剧抗争的，极为写实的意识形态之中。就好比一个想要摆脱信仰枷锁的忠实信徒一样，西方的悲剧意识本身就是一个麦田怪圈，让读者在深知它不可解的同时，又不得不紧跟作者的指引，试图在作品中去寻求出路。

纵观古今，中国文学与西方文学虽然仍在以这样迥异的形态各自发展下去，但随着信息技术的发展与文化的交流融合，双方文学表达的差异性也在逐渐弱化。中国作家在致力于刻画人物情绪和情感，从而来引发读者共鸣的同时，也在不断探索着更富有哲理性思维的新型写作模式；而西方作家在不断制造无解迷宫，让人体味到那种"知其不可而为之"的无奈之时，也渐渐在作品中融入更多人情世故。

也许在不久的将来，中国文学和西方文学的悲剧意识，会因为文化差异性的削弱而迎来新的融合与转变。然而真正深藏于文学作品之中的民族特性与历史积淀，仍然会是深远而显著地影响着不同民族的文学意识形态，使之富有鲜明的文化特性与蓬勃的生命力。

这一点，是毋庸置疑的。

2012年12月27日

惊蛰天，访花问柳又一春

惊蛰，古称"启蛰"，是二十四节气中的第三个节气，标志着仲春时节的开始。冬来万物蛰伏，有冬眠习性的动物也藏在土中洞里，待到天上春雷一震，惊醒蛰居的动物，便是一年一度的惊蛰节气了。

古来惊蛰日，蛰虫苏醒，草木复苏，天气转暖，春耕伊始。

而今，在繁华的成都市里早已没有春耕秋收的概念，就连周边的农田也都渐渐变成高楼，阡陌化作公路。想要在高楼大厦之间寻找春天的影子，最能满足人们在忙碌的工作、学习中放不下的那点儿雅趣的，莫过于街头巷尾此起彼伏的各色春花。

今年成都的惊蛰日，是在阴雨天中度过的。

结束了延续几日的晴朗干爽，夜里一袭春雨，早晨醒来，公园里，花圃上也添了些许"花重锦官城"的味道。

自古以来，惊蛰便被分为三候，每一候均有不同的花信，一候桃花，二候杏花，三候蔷薇，象征着时气变化，光阴流转。

成都是中华大地上最遵循四季更迭顺序的城市之一。这里既不像南方地区"一年三季皆作夏"，也不像大北方"冬天麦盖三层被"。成都的四季是分明且温润的，无论冬天的湿冷气息多惹人厌烦，每年三月一到，天气便像放学回家的小孩儿一样，准时准点乖乖回暖。大街小巷的各色花卉，也都争着这一缕春光，姹紫嫣红竞相开放。

时至今日，我们仍然能在家门口，在小区旁，看到"最准时"的惊蛰风物。除了最具代表性的"一候桃花"、零星点雪的单瓣樱花、洁白高雅的大朵玉兰、绚丽殷红的山茶……各色花卉皆开得烂漫。近年来国民素质渐渐提高，保护动植物的法律法规也愈发完善，以致"两个黄鹂鸣翠柳"的盛唐美景，偶尔也能在春日的成都市区内重见。

在生活节奏越来越快的时代里穿行，人们的脚步早已不允许心灵浪费太多时间去感悟大自然的真谛。然而每每春风又绿锦官城之日，行走在车水马龙间的疲惫身躯们，仍然会忍不住稍稍慢下脚步，抬起眼来，觑一眼这温婉人心的撩人春色。

毕竟，我们生活在一座如此优雅的城里，在抬眼可见，唾手可及之处，便能邂逅那些开了一年又一年，惊艳了更古至今无数个曼妙春日的风物雅趣。

2018年3月5日

世界毁灭时，你会做什么？

近日，一条关于"夏威夷导弹乌龙"的新闻，在微博、朋友圈里激起一片笑声。原本平静的午后，夏威夷岛上突然响起导弹预警。

所有人都以为世界末日到了，于是纷纷开启"末日模式"——有的人冲到老板面前，将之前积攒的怨气发泄一空，然后帅气地辞职；有的人赶紧向暗恋已久的女生告白，结果等警报结束又迅速"被甩"；还有人和自己的爱人在一起，相拥直到"山无陵，天地和"……

虽然事后官方发出声明，说这次导弹预警仅仅是由于一名员工误触了警报器按钮，从而导致的"乌龙事件"；但对于经历过这一场"末日洗礼"的人们而言，在警报响起到解除的那短短五分钟内，他们却是真真切切地感受了世界毁灭的恐惧。

不同的人面对生命的最后一刻，会做出不同的反应。这不禁让人想起2015年一部富有深意的动画短片《今夕何夕》。

短片讲述的是一个来自未来世界的克隆人，在世界即将毁灭之时，通过时空穿越机，回到自己初代母体的幼年时代，去寻找关于自己母亲的记忆。

动画时长仅15分钟，简笔画式的画风和鲜明的配色，让整个故事的科技感更加强烈，同时，也更加突出了影片对角色性格与故事主题的刻画。

第三代克隆人平板的声音，与小女孩（初代母体）含糊咿呀的话语形成了鲜明的对比。这也正如同影片本身所传递出的核心思想一般——当人类的物质与科技高度发展到超越物质载体的地步，当人们的意识与思想得以通过克隆等科技手段实现"永生"，在那一具具空匮的灵魂之中，还剩下什么值得去眷念？

在世界毁灭之时，人们会下意识地展现出最真实的一面——最深层的欲望，最原始的爱恨，最冲动的勇气。只因一切都将走向终结，走向最后的最后。这种沉重的"终结感"，是普通意义上的常规死亡所不可比拟的。一般意义上的死亡，仅仅是生命的终结，一如电影《寻梦环游记》中所表述的理念：只有被遗忘，才是这正意义上的死去。

然而，当世界末日降临，你便会和一切能记得你的人一起，彻头彻尾地消失。

没有明天，没有以后，无须牵挂父母妻儿和家里的猫狗。

人们将要面对的，不再是个体生命的消湮，而是世界文明彻头彻尾的终结。

《今夕何夕》里的第三代克隆人，在即将"彻头彻尾终结"之际，最后的夙愿便是再感受一次"被妈妈牵手"的感觉。为此，她通过时光机，专程去拜访了过去的自己，去拜访了那个不是由克隆科技塑造而成，而是顺应自然规律，由父母孕育出的自己。最终，她通过和小女孩（初代母体）的交流，重拾起了"被爱"的感觉。这也让观众不禁深思：当科技发展到令人类足以藐视时空，超越生死之时，我们的生活是否也会变得像《今夕何夕》里的第三代克隆人那样，干瘪得只剩下一堆数据，毫无情感可言？

从派出童男童女求仙丹的秦始皇，到今天逐渐成熟的克隆技术，古往今来，人们总在不断追求着"不老不死"的结局。可在追求这看似完美结局的同时，是否有人考虑过，当我们真正获得不死之身后，那些曾经为人类所珍重的美好品质，那些指引我们向善的情感与感受，究竟还剩下几斤几两的分量？

《今夕何夕》或许正是在告诫人们：哪怕世人曾看轻情感，看轻爱与亲情，在万物毁灭之时，在轮回终止之时，真正能支撑着我们不畏生死，不朽不灭的，依旧是一个"爱"字。

当世界毁灭时，你会做什么？

如果找不到答案，那就转身拥抱你目之所及的，那个值得你去爱或被爱的人吧！

2018年1月17日

蛴蟆节，田间地头的古老年趣

> 十四夜，摇嫩竹，嫩竹高，我也高，我和嫩竹一样高；
> 十四夜，摇嫩竹，嫩竹长，我也长，我和嫩竹一起长；
> 十四夜，送蛴蟆，蛴蟆公，蛴蟆婆，把你蛴蟆送下河。

在这首民谣声中，大年十四的四川南充，又将迎来一年一度的"蛴蟆节"。

为什么要为田间地头随处可见的癞蛤蟆过节？

有人说是在清朝年间，当地村民感染瘟疫，一位高僧说，这场瘟疫是"蛴蟆瘟"。于是乡亲们便在大年十四这一天，自发地制作了蛴蟆灯，插在田头的泥土里，再扎一条青龙抬着游行祭祀……最终，将青龙和蛴蟆灯一起焚烧，象征着"龙镇瘟疫"。

也有人说，这节日源于明朝末年。当时农民起义军将领张献忠率兵屯扎四川，遭遇官兵围剿，双方死伤无数，造成瘟疫横行，百姓苦不堪言。战争和死亡为宁静的田陇上带来了瘟疫，当时正值正月开春，是蛴蟆出洞的季节，百姓们认为是丑陋的蛴蟆为村庄带来了瘟疫，因此自发过起"蛴蟆节"，旨在以祭祀送祟……

"蛴蟆节"的典故众说纷纭，是真是假，已无从考证。只是淳朴的当地人，祖祖辈辈将这个象征着祈福避秽的节日传延至今。

国人对于节日总有一种特殊的忠实感——没有人记得屈原的相貌，可我们还是在每年端午节欢天喜地地包粽子、赛龙舟；不少人忘记了介子推的故事，却依旧一年一度在清明寒食日吃青团、折杨柳……

一如明天又将到来的，一年一度的蚧蟆节——它究竟从何而来，又缘何而起？

这一切或许都不再重要。重要的是，在这一天，四川南充的百姓们还会像他们的祖辈一样，热热闹闹地扎纸灯、祈太平。

人们对乡土的眷恋，对故里文化的传承，恰是在这些细碎而微小的民风民俗之间，在这些已无可考据的传说之中，在这热热闹闹的节日庆典里，一代又一代，不断地流传下去。

古人云：月是故乡明。

而故乡为何是故乡？只因为那里有着仅属于当地人的文化、习俗与传统，融于骨血，延于时空。

2018年2月27日

羌，黑白光影与时间记忆

每当我们拿起相机，记录下生命中某个瞬间的一颦一笑时，我们总奢望能把那一瞬间的快乐与悲哀，永远留在人间。

照片上镌刻下时间的影子，握在手中，显得格外真实又遥远。纵使多年之后，那些栩栩如生的音容笑貌已不再，那些醉人的山水风光已沧海桑田，我们依旧会从黑与白的光影里，窥见昔日美好。

在成都，有这样一组照片，令人十分动容。照片拍摄的是汶川古羌寨——布南寨与龙溪寨。这是一片经历过两次大地震洗礼的土地。在这古老的寨子里，曾有无数流淌着氏羌族血脉的羌人，生于斯，长于斯，老于斯。

这里有过故事，也充满了神奇的传说；有绚丽的自然风光，也有羌族浓郁的人文气息。

可惜，时至今日，这片不朽的土地，也荒凉了。

随着时代的推移，寨子里的羌民们渐渐远去，迁徙到更繁华的大都市，追求着更富有现代气息的生活。

社会的进步，往往不会给念旧之人留下太多伤感的空间。生命在辛劳更迭，岁月在渊源流淌。没有人能抵挡住来自美好新生活的诱惑。

于是，原来繁华的老寨子，荒凉了，破败了，最终也将化为历史遗迹的一部分；最终也将成为史册上一个空泛的地名符号。

人有寿命，有生死，而土地又何尝没有？一片乡土从生到死，往往承载着无数悲欢离合，承载着许多幸与不幸的故事。而这些故事，在土地之名消亡以后，唯有从史书典籍的字里行间，从画卷，从照片的黑白光影里，还能重拾一二。

趁着老照片还未褪色，趁着今日初夏阳光正好，去看看吧！去看看那些生于你生前，亦死于你生前的羌寨山水，美好时光。

2018年6月7日

17 岁那年的"太阳以西"

有人说，不忧伤的人，不听情歌；不寂寞的人，不看小说。

所以每当我们翻开一本书的扉页，便是开启了一场与自我对话的灵魂之旅。

今天，请允许我邀请你一起，和我回到我的17岁，去看看那年那月的《国境以南，太阳以西》。

> "太阳以西"有什么？
>
> ——《国境以南，太阳以西》

太阳以西有什么？这是一个通读全书，依旧耐人寻味的命题。若说"国境以南"有"沙漠""可能"与"大概"，那么它是现实的；而"太阳以西"便是一块与之对立的，绝对的土地。"太阳以西"没有幻想，因为这里，本身就是一个幻想的所在。幻想是仅存在于现实中的，正如理想国不需要诗人一样。这正是《国境以南，太阳以西》迷宫一般的情节里，最魅惑人心的地方。"太阳以西"，或许象征着一种冷艳的自我否决，一种犹如蜡雕花般唯美、永恒又缺乏生命力的生命体。

对自己，对自身处境和现实社会的幻灭感，激起从中逃离的欲望。那么逃去哪里呢？逃去"国境以南，太阳以西"那个虚幻的世界。

——《国境以南，太阳以西》

想起《哈尔的移动城堡》里的主角哈尔，从逃避到回归，中间缺乏的不过是追求真心与真爱的勇气。可《国境以南，太阳以西》里的主人公初君却没有哈尔那么幸运。这世间值得他守护的爱与信仰究竟在哪里？或许从一开始，一切美好，便都是生活赋予他的青春幻想，华美梦境。

她在自己周围修筑的防体比我的高得多牢固得多。

——《国境以南，太阳以西》

人是群居动物。所以"防体"筑得越高，越是凄凉悲哀。只因那高墙隔绝掉的不仅仅是危险，还有一切源于他人之手的爱与救赎。

活法林林总总，死法种种样样，都没什么大不了的。剩下来的唯独沙漠，真正活着的只有沙漠。

——《国境以南，太阳以西》

"沙漠"永远不会死去，因为它存在于人们心中。《国境以南，太阳以西》的"沙漠"，与《海边的卡夫卡》里的"沙尘暴"如出一辙，它们象征着人们从稚拙到成熟这段旅途中的厄运，是世人不可抗拒的噩梦……唯有直面"沙漠"，才能真正从中逃离。

　　只要有我，周围保准发生莫名其妙的事，总是这样。我一
参与，事情就全乱套，原本顺顺当当的局面会突然走投无路。
　　　　　　　　　　　　——《国境以南，太阳以西》

　　因为不能胜任而不敢尝试；因为不敢尝试而愈发不能胜
任——注定为悲剧的悲剧人物的麦田怪圈。

　　在一切杳然消失之前，在一切损毁破灭之前。
　　　　　　　　　　　　——《国境以南，太阳以西》

　　然而什么也不会损毁，至少还有地壳；在空虚的维持着旋转
方式，日复一日。
　　名为"太阳以西"的幻境，也许本就是沙漠中的海市蜃楼，
是没有希望的希望。
　　然而人在现实残酷中，总需要有一点辽远的慰藉。
　　正因有此慰藉，我们才能硬生生挺过生命中无数的坎坷与低
谷，最终走过"沙漠"，成为更坚强的自己。

　　照片上什么也看不出来的，纯粹是影子罢了。真实的我
却在另一个地方，没反映在照片上。
　　　　　　　　　　　　——《国境以南，太阳以西》

　　我们留在照片上的哭脸与笑脸，我们展现给周遭人的欢乐与

悲哀，究竟有多少是有心而生？又有多少是自欺欺人？

　　非常遗憾的是，某种事物是不能后退的。一旦推向前去，就再也后退不得，怎么努力都无济于事。假如当时出了差错——哪怕错一点点——那么也只能将错就错。

　　　　　　　　　　　　——《国境以南，太阳以西》

　　幸与不幸，往往在于世人一念之间。我们活着，总像亚当和夏娃一样，总在为一瞬间、一闪念的是非抉择承担着幸或不幸的结果。

　　欢愉、悲哀、伤感、惋惜……甚至终身的赎罪和悔恨。

　　勿以善小而不为，勿以恶小而为之。

　　管好自己的心与身体，别为一时欲望所驱而抱憾终身。

　　那个下雪的日子假如飞往东京的航班取消，没准我就一切抛开不管而直接同岛本两个人远走高飞了。那天我是可以孤注一掷的，工作也好家庭也好钱财也好，一切都可以轻易地抛去九霄云外。

　　　　　　　　　　　　——《国境以南，太阳以西》

　　倘若彼时的“假设”真正出现于此时，你是否有勇气去拥抱这危险的自由？

　　赌上半生幸福去换取一个结局莫测且绝不受到祝福的未来。

　　勇者总是存在的，只是大家很清楚，那个敢于藐视命运的英雄，不会是你我。

　　因为人生在世，绝不仅仅只为自己而活。

家人、朋友、事业伙伴……一切欲求将自我从社会环境中割离开来的追求，都无异杀鸡取卵，饮鸩止渴。

　　妻在身边发出恬静的气息。她完全蒙在鼓里。我闭目摇头，她完全蒙在鼓里。

　　　　　　　　　　　　　——《国境以南，太阳以西》

在两性关系中，男人总爱低估女人的直感。一如人永远以为是自己在逗猫，而在猫眼中，人的挑逗，或恰如跳梁小丑。

　　什么缘故不知道，总之我曾经从中觅得的特殊东西已然消失，我在很长时间里寄托其中的某种心情已然消失。它依旧是优美的音乐，但仅此而已。我不想再一遍一遍听其形同尸骸的优美旋律。

　　　　　　　　　　　　　——《国境以南，太阳以西》

当生命中足以打动灵魂的事物逝去之时，留下的唯有"沙漠"。而彼时的"沙漠"，再美丽的象征物也丧失了其作为象征物的资格——只因本质已然被抽空，它随着少年时代的梦啊，在名为"太阳以西"的幻想世界统统归零成无。

那是不属于此时此地的，仅存于梦境中的世界。

是一种伴随着青春与幻想永远留在记忆里的情感。

是童年时代他和她十指相扣的，那十秒光阴。

　　　　　　　　　　　　　　　　　　　　2012年7月10日

雪　思

在成都迎来了今冬新寒的日子里，早晚气温直逼零摄氏度。早晨醒来拉开窗帘，只见窗户上白茫茫一片雾色。这样的白雾，让人误以为一夜之间，整个蓉城都被大雪铺满——推开窗户一看，才发现这幻想中的雪景，不过是痴人说梦。

成都人对于雪，似乎有着某种特殊的执念。几乎每一个成都人都幻想过在自家院子里堆雪人、打雪仗的场景。可事实上，在成都平原这片温润的盆地里，即便是在数九寒冬，在冷得人牙颤的日子，愿意在蓉城天空中露脸儿的雪花，依旧是屈指可数。

今岁严冬，几波寒潮已过。不少人也纷纷开始在网络上发帖埋怨：

"不以下雪为目的的降温，全都是耍流氓！"

如若就此说来，那么成都几乎可算是"流氓中的流氓"。因为这里不仅冷，而且湿。每到冬日清晨，走在小风拂面的街头，无论你身着羽绒服还是腿裹保暖裤，这夹杂着湿冷空气的寒风，都能轻松"穿墙破壁"，直钻进你骨子里，冷得人脚颤。

但无论多冷，成都几乎都不会下雪。据气象记录记载，成都市区仅在2008年1月20日，2009年11月17日，2010年12月15日，

2011年1月2日，2012年1月3日和2012年12月29日，飘过一点儿不足以成堆的小雪。

近年来唯一一次大雪，已经是1993年的老皇历——那是一场铺天盖地的大雪，雪后的成都仿佛又回到了名为"锦官城"的时光。琉璃世界，银妆素裹。屋檐桥头，树梢草间，都压着一层白茫茫的银棉花。

那绝妙光景，或许只能用赵佶《燕山亭》中的一句旧词来形容：

"除梦里，有时曾去。"

是呢，这可不是梦么？多少成都娃儿们，小时候都曾梦见过这样的场景——和小伙伴儿们携手，在雪地上堆雪人、打雪仗，在满天飘浮的银白冰花中，仰着头张大嘴，尝一尝还未落地的白雪的滋味……

小时候，人们在梦里看雪；长大后，去的地方多了，天南海北随便打个"飞的"就能去到北方，甚至去外国，去漫天飞雪的城市，去亲临曾经那"除梦里，有时曾去"的大雪胜景。

可是哪里的雪，能胜过故乡的雪呢？

或许这便是人们说的"月是故乡明"吧！成都人总希望能在家门口看一场铺天盖地的大雪。这样的夙愿，绝不仅是为了体验那一点儿白净，或那一点儿清冷，而是打从心底里在希求着一种稀缺的梦幻——让自己最熟悉的土地，和自己最渴望的风景合二为一，化作一场毕生难忘的绝美邂逅。

在近几日的微博上，不少网络营销号都在怀念成都1993年的那场大雪。

这二十余年前的老风物，为何至今仍能轻而易举地登上"热搜榜"？只因生于斯，长于斯的人们，都在追忆着，都在期待着，那场不知是否有缘得见的，专属于成都的鹅毛大雪。

2017年1月8日

停电了，世界末日

如果我问你：世界末日是什么？

也许你会回答，世界末日是大地震，是火山爆发，是外星人突袭，是生化危机，是彗星撞地球……

然而近日在国内院线刚刚上映的电影《生存家族》却告诉我们：

世界末日，也许仅仅只是一场旷日持久的全球大停电。

也许你很难理解这样滑稽的切入点也能拍成一部好电影；然而对于影片中生活在大城市的铃木一家而言，电，就是他们一家子……不，是他们整个生存圈的"命根子"。在铃木的生活中，现代化交通工具，便捷的生活用具是推动人们日复一日正常生存的必需品。煮饭有电饭煲、电磁炉；上班有电车、出租车；下楼有电梯；吃饭有超市冷冻柜里制好的鱼肉蔬菜，沟通有手机、有电脑……

在日常生活中，铃木一家几乎没什么互相沟通的时间。家族成员都把自己的社交生活埋在手机、电视和互联网里。就连收到外公从农村老家寄来的整条鲜鱼和整颗的新鲜蔬菜，也让吃惯了现成制品的妈妈和妹妹一脸嫌弃——因为她们不仅不会剖鱼，甚至连鲜鱼的腥气都难以忍受。

社会的高速发展造成了人们生活能力的急速退化。于是，当某一天清晨，全球大停电陡然袭来之时，铃木一家只能在措手不及的情况下，被迫骑着自行车，踏上"逃出城市"的艰险旅途。

在逃亡的路上，被现代化城市生活惯坏而毫无野外生存经验的铃木家族，遭遇了前所未有的麻烦——缺水、断粮、暴晒、大雨、狂风……面对越来越严酷的求生之战，甚至死亡的威胁，旅途中的铃木家族从相互指责、埋怨和推诿，到最后慢慢开始携手并肩，努力承担起"生命之重"。

哥哥为了修复被台风刮坏的车胎而剪碎了自己心爱的手机壳；妹妹放下了娇气开始主动挑水干农活；爸爸不再死要面子，甚至为了孩子们能吃上一口肉而去和猪搏斗；妈妈发动了家庭主妇的各种天赋和技能，在沿途的补给点和商贩们疯狂杀价。

这场突如其来的大停电，让铃木一家丢掉了城市人的优越、矫情和冷漠。与之相应的是，他们重新拾回了亲人之间血浓于水的关爱与温情。

短短两小时的电影，幽默治愈，却并不轻松。人们被角色滑稽的窘态逗乐，却又在笑完之后沉默——只因坐在银幕前哈哈大笑的我们，和电影里的铃木家族，又有何不同？

我们也正享受着以电力为基础而构建的人类社会中所存在的一切便利与欢乐。这些便利与欢乐又是何其脆弱！假如有一天，我们也忽然停电，从而失去了自来水，失去了代步车，失去了一切现代化工具；倘若这样一天真实来临，我们我该如何自处？

虚构的剧本里，往往埋藏着对真实世界的映射与质问。

同理，我们的人际交流与情感世界也与电影中的人们一样疏离、自私和冷淡。网络上时不时会传来各种各样令人寒心的社会新闻——见义勇为反被诟病，助人为乐却遭诬陷；人们生活在由"情、理、法"构架而成的社会形态中，却又极易忽视掉何为真情，何为真理，何为法不容私。

好的电影，是一面生活的照妖镜。今时今日，正身处烈火烹油、鲜花似锦般繁华市井中的我们，或许更应当通过电影这面镜子，认真反思那些深埋于人性深处的劣根性与祸根。

子曰：见贤思齐焉，见不贤而内自省也。

愿生活中的你我，皆能"身如菩提树，心似明镜台"。

2018年6月26日

"佛系"？并不是逃避的借口！

"佛系"，这个刚刚在网络上迅速蹿火的新形容词，一般用于年轻人对自己或他人待人接物、为人处世的评价。

在我们身边确实不乏这样一群人，他们遇事不争不抢，碰到问题不悲不喜，不管生活中、工作上发生了怎样地动山摇的变故，他们的口头禅始终只是一句"也好"。每当遇到这样的朋友，总让人想起桌游"三国杀"里的郭嘉的规则——被人杀一刀，掉一点血，摸两张牌，最后自我安慰似的说一句"也好"。

"佛系"人生，究竟好还是不好？

这一点，可谓众说纷纭。支持者，认为"佛系"是心态平和的表现；反对者，则直接将"佛系"二字视为懒惰与逃避的借口。

其实"佛系"本就是一个中性词。它非褒亦非贬，只是纯粹用于定位一类人。它是一种思想，是一种人生观，也是一种生存哲学。私以为，佛系思想中包含了中国人千百年来的中庸哲学，甚至可以说是中庸哲学的一种进步与提升。《礼记》有云，修身齐家治国平天下。但凡人活于世，必是见微知著。"佛系人生"，可谓是将中庸哲学运用到最微观之处——不仅仅是待人接物万事随缘，就连衣食住行也变得"不以物喜，不以己悲"。

许多脾气火爆的人，遇到问题无论对错总要先"不蒸馒头争口气"，不管是非黑白，先从情绪上、气势上、语言上占了上风再说。而佛系人生则恰巧是一种完全相反的心态——无论是非对错，自己先以一种平和的心态去接受问题，而后再去考虑是否有方法解决问题，或者是否可以弥补损失……

在这个浮华的世界上，有许多不能为我们自己所控制的幸与不幸。长辈们总是说：你不能指望环境为你所改变，你只能努力改变自己去适应环境。而"佛系"恰好是一种既不愿失去本心，也不愿忤逆大环境的体现。

当我们无法改变周遭那些看不惯的人、看不惯的事儿，却也无法从心底里去接受这些事实时，"佛系哲学"就成了一种个体与群体、自我与环境的最佳调和方式。

以云淡风轻的心态去应对世间百态，也许才是当代人最"不失本心"的一种活法。

2017年12月27日

战争与和平并不是他的话题
—— 宫崎骏作品浅析

在娱乐资讯与明星绯闻成为"网络屏霸"的2018年1月5日，仍然有一波"死忠粉"不忘在娱乐八卦的空隙中，发文发博为宫崎骏老爷子庆贺77岁生日。这位日本动画大师的作品，曾经陪伴无数80后、90后乃至00后度过了难忘的青葱时光，也为大家带来了关于动画电影内涵的崭新思考。

许多观众都认为，宫崎骏老爷子是一位反对战争、热爱和平的"老天使"。这一点在他许多脍炙人口的经典作品中已屡见不鲜。无论是《悬崖上的金鱼姬》还是《哈尔的移动城堡》，让人熟悉的片名背后，是对战争与和平的暗示、映射与反思。实际上，大部分人会为老爷子的电影加入如此之多关于战争的解读，究其根本，和他的身世有着莫大关联。

宫崎骏出生在日本东京都文京区。因为珍珠港战争爆发，宫崎骏家族不得不迁往宇都宫市和鹿沼市。童年在战争的阴影下长大的宫崎骏，几乎没有享受过父母的关爱。

一个被战争摧毁了童年的艺术家，势必会将对于战争的感悟、思索甚至恐惧统统表达在自己的创作之中——这是大部分影评人及观众，对于宫崎骏作品的一种惯性思维。

然而，这种因惯性思维而做出的判断，是否过于敷衍？

不可否认，战争势必对于宫崎骏的电影作品产生了一定的影响。当我们撇开战争与和平这种"高大上"的话题，站在平民的视角，从更为微观的方向去评析，便不难发现，宫崎骏的每一部电影几乎都在表述着他自己的生活态度与世界观。

在日常生活中，宫崎骏是一位很可爱的老人。闲暇之时，他会和窗边的鸟儿说话，甚至给他的小鸟朋友取名叫"小灰灰"。他会问小灰灰要不要吃点儿巧克力，就像对待现实小友和它对话。他也会在面临生死离别的时候感到遗憾、沮丧——正如所有老年人一样，他的老朋友们正在逐日逝去，他也深知，自己余下的时间已所剩无几……

或许正是这种人到暮年的返老还童与彻悟是非，才能让动画电影大师宫崎骏的创作热情，从未随着逐渐逝去的年华而消失。无数次对外宣告"退隐"，又无数次"打脸"复出。对于一位早已功成名就的动画大师而言，对创作的挚爱与执念，早已融入生命，化为信仰。

在77岁高寿之时，一位不确定自己还有多少明天的动画电影人，依旧在笔耕不缀地努力着。这努力，无关战争与和平，无关利禄与名望；它只是单纯的为热爱而驱使，为追求而追求……

以最纯粹的视角，去欣赏一部单纯因爱而生的动画电影，或许，这才是银幕前的我们所能掌握的，最接近宫崎骏柔软内心的正确观影方式。

2018年1月9日

刹那芳华，转瞬永远

在欧美大片云集，以跌宕起伏的故事情节和越来越大的"脑洞"来吸引观众的今天，《芳华》，无疑似一杯温茶般缓慢而美好。它细腻地将属于20世纪六七十年代人的青春，用光影和故事，展现给21世纪的我们。

影片讲述的是20世纪70年代发生在部队文工团里的故事。几位主人公都是平凡的小人物，是那个年代许多青年文艺工作者的缩影。电影的叙事脉络中贯穿着许多影响着国家发展的重大历史事件，却并不宏达也不慷慨激昂。

这是一部柔软而细微的电影，描写的是在宏阔的时代背景下，人与人之间的小故事、小细节、小感动。没有对时代浪潮的犀利评析，没有对历史事件的辛辣讥讽，只有对那个年代、那段记忆中的人与事的安静追忆。

那个年代的青春，没有电视，没有网络，没有电影，没有游戏，没有小说……甚至没有民生新闻。在主色调浓郁的特有大环境之下，青春变得那样纯粹和简单。无论是爱，还是恨，都显得格外质朴。

即使是人性中的负面色彩——丁丁的落井下石，小芭蕾对小萍的欺负，也显得足以被理解和原谅。

这种理解和原谅并不是我们作为当代人，以一种高高在上、怜悯弱者的姿态去给予过往的施舍；而是在经历过太多繁华浮喧的岁月之后，对纯粹的爱恨情仇所产生的一点儿向往与敬重。

在沧海桑田之后的今天，越来越多的人已经不可能窥探到当年的岁月。也许，80后和90后或多或少还能从父辈的口中，还能从儿时依稀的记忆里，感知到属于那质朴岁月的活力与哀伤。

00后和10后，甚至在不久的将来即将来到这个世界的20后，他们出生于信息极度丰富的时代，他们可能从出生就被网络，被iPad，被动画片、电视剧和各种各样的新奇玩具包围。他们又如何能知晓，那些属于父辈甚至祖辈的，在距离我们并不算遥远的几十年前的青春，是一种怎样纯粹的美好？

或许，这就是这部电影所带给我们最宝贵的财富——正如影片的名称所言：青春如芳华易逝。转瞬之间，曾经美好的岁月，曾经葱茏的韶华，都会随着时代的变迁而化为不堪为光阴所承载的记忆。

事实上，这些记忆并非是仅属于那个年代的，即便是未曾经历过这一切的年轻人，也能从中体会到最深刻的感动——只因青春，绝非仅属于某一代人的。无论是谁的青春，无论是怎样的青春，都充满了对爱情的幻想，对生活的热忱，以及对未来的无限向往。

即使是在稀稀疏疏的早班放映厅里，仍然有不少人随着电影情节的推进而感慨，而流泪。许多二三十岁的年轻人，在看这部电影的时候，也被它感动了。

　　这承载着父辈记忆的故事，在我们的眼中，或许是陌生而新奇的；但故事中所包含的对青春的释义，对人性的解读，对时代的追溯，却是我们每一个人都能感同身受的灿烂与怀念……

2017年12月28日

从《挪威的森林》到《刺杀骑士团长》，看村上君的蜕变

每当我在人群中谈及村上春树这个名字，总会收获许多或深或浅的共鸣——即便是不爱看书，不爱文学的朋友们，基本也都听过这个诺贝尔文学奖"万年陪跑"作家的大名。在村上春树的众多文学作品中，一本《挪威的森林》可谓打动了无数80后和90后。当年伍佰一首同名歌曲，唱红了大街小巷，不少文艺少男少女，都争相阅读这部来自异域国度的"青春文学"。

事实上，《挪威的森林》虽然是村上春树最畅销、最出名的作品之一，却并非其最具代表性的长篇小说。《挪威的森林》是一部撰写于30年前的畅销书。当时人到中年的作者，在作品中对孤独的思考、人性的认知等方面，仍处于相对自我的阶段；时至今日，这种认知与一切已经不尽相同。

不少读者皆认为，村上春树作品的精彩之处，在于其始终站在十分客观、冷静的视角，以理智而悲悯的文风，将故事里的人事物娓娓道来。如果读者自身没有足够的同理心去"站在弱者的角度思考与感悟"，而只想着如何追求情节上的起伏与刺激，那么村上春树的小说便会像一杯白开水一样寡淡。

所幸，当今大部分愿意花时间潜心阅读的人们，都拥有一颗

擅于共情的心。

村上春树在其著名演讲《高墙与鸡蛋》中曾经说道:

> 若要在高耸的坚墙与以卵击石的鸡蛋之间做选择,我永远会选择站在鸡蛋那一边。

这是村上在2009年获取"耶路撒冷文学奖"时发表的演说。在那之前,村上春树作为一名知名作家,已经不止一次在其小说作品、纪实文学及各类演讲之中,不断表达过自己对强权的反思——万事万物均不存在真正意义上的是非对错,而作为"负有判断对错的责任"的小说家,则应当永远站在弱势群体的那一边,无论其宗教信仰、国籍性别。只因弱者本应当和强者一样,拥有生而为人最基本的权利与公允。

这样鲜明的觉悟,在村上春树早期作品,如《挪威的森林》等小说中,是很难看见的。而今,即将迈入古稀之年的村上君,已然跳脱出人与人之间的"小矛盾""小纠葛",转而将更多的视觉与笔墨,投向了人与环境、人与战争、人与社会之间的"大问题"上。

在保留日本小说家一贯"无责任悲剧"创作理念的前提下,村上春树在新作《刺杀骑士团长》中大胆地加入"南京大屠杀"的相关情节。借助这一情节设定,村上春树终于兑现了他在《高墙与鸡蛋》演讲中的那句话:"永远站在鸡蛋那一边。"

目前,虽然中文版《刺杀骑士团长》仍在译制过程中,但不少国内媒体已借由这部新作,为村上春树贴上了"良心小说家"的标签。然而,这样的标签化评价无疑是对村上春树创作初衷的一种曲解——他只是在故事中客观地讲述了事实。

　　这种敢于为对弱势一方更有利的客观事实而呐喊的行为，难道不该是每一位文学艺术创作者的分内之事吗？

　　　　　　　　　　　　　　　　　　2017年12月11日

寻访，盛开的樱花林下

盛开的樱花林下的秘密，至今无人知晓。或许，那就是所谓的"孤独"。

——《在盛开的樱花林下》

以这句话结尾，在一片黑色的沉默之中终结全文，于《在盛开的樱花林下》所描述的故事里，"孤独"二字，更像一种自我辩解。

樱花林下究竟有什么？全文虽未直言，却已反反复复暗示于行文的字里行间。

怒放的妖冶花瓣，像女人的面孔一样绝美。在这番绝美皮相之下，藏匿的，却是一颗永远欲求不满的心。心存善念的山贼，不敢停留于盛开的樱花树下，却迷失于女人的红唇之中——那女人，便是樱花的象征。

正如许多小说家一般，《在盛开的樱花林下》的作者坂口也一样沉湎于将振聋发聩的千言万语，收纳于暗示与隐喻之中。

女人的诱惑，和樱花林一样迷人。那不仅仅是对旁人散发的魅力，也是诱惑自身的吸引。追逐浮华的女人，离不开金玉其外的京城。因为唯有在那里，她才能找到填补她空虚的灵魂的事物——人头游戏，也就是欲望。

一个人的灵魂，倘若依靠不断高高堆起的金钱或名誉来维持的时候，这个人，便和盛开的樱花林毫无区别了。

坂口是见识过樱花的恐怖的。他亲历过樱花林下焚烧死尸的情境。这些死尸源于战争，而战争则源于——或许是或许不是，这些死尸中的一部分人活着时的欲望。因为要追求更多的领土、资源、财富而发起战争，最终引火自焚。倘若说日本人心性中的"菊"的部分尚值得敬佩，那么这种欲望，就是源于他们"刀"的性格——过度的冷漠和理性，则助长了一种将欲望化为现实的利器。然而物极必反，越锋利的刀刃，越容易误伤自己的手指。同理，开得越灿烂的樱花树，越是需要成千上万的尸体来提供养分。

这源于一句传说——茂盛的樱花树下，是埋了死尸的。吸收了死尸腐烂后的养分，次年的樱花，便会灿烂如春。

多么邪恶的美丽呀！

当精致的折扇托起绯红的落英，当如翻飞的粉雪在和风细雨的三月里扬扬飘洒。谁人能在赏花的欢声笑语之中，觉察到这欢笑背后悄然氤氲的罪恶？

叶芝有诗云："罪恶始于梦中。"

诗人笔下的"梦"，便是对现实欲望的映射。而在盛开的樱花林下，罪恶，便赤裸裸地始于欲望。那填不满欲壑的心灵，宛如盛开的樱花树一般，凭借着自己柔媚的身姿，诱惑着这个世界，试图勾引着无数善良的灵魂变质、发黑。

行文之末，山贼终于意识到，自己身旁那美丽的女人，正是如樱花般诱惑着自己心智的恶魔。他掐死了女人，但这亡羊补牢的行为已然来得太晚。从他渴望得到女人，而挥刀砍向无辜行人的那一刻起，欲望便已经在他的心底，如高塔式的层层叠起。他掐死了女人，却无法改变因自己的欲望而造就的悲剧。

归根究底，那魅惑而邪恶的女人，不过是山贼本心里欲望的化身。

最终当山贼掐死女人，掐死自己"欲望"的同时，也掐死了在这个世界上善良过也邪恶过的自己。

山贼死了。死在盛开的樱花林下，死在扼杀自我欲望的自我的股掌之中。如雪的樱花簌簌直下，将山贼渐冷的尸体埋没其中。微风拂过，樱花林里那如坟墓一样高高堆起的，掩埋着山贼尸体的花瓣随风而去。那簇卷裹着山贼尸体的樱花花瓣，就这样消失在时间的风声里，仿佛这个世界，他从未来过；仿佛这个故事从未被世人讲起……

大幕闭合，文墨终了。

唯有那盛开的樱花林，唯有那生根于人性深处的永恒欲念，依旧再无止尽地轮回着、蠹立着。它就这样蠹立在千千万万世人的心中，年年岁岁，随着花落花开，吞噬着、消弭着这个世界上所有屈服于欲望的善良与真诚。

如此这般，循环往复，直到无尽之处。

2012年10月11日

平凡即美好

《寻梦环游记》，自上映两周以来豆瓣评分高达9.2；作为一部由迪士尼和福克斯联袂打造的动画大片，超高的网络评分和场场爆满的上座率都是意料之事。然而令人意外的是，作为一部以"亲情与家庭"为主题的合家欢影片，在每一场的放映厅里，都能看见观众哭成一片的"壮观"场景。

影片从剧情看上可谓"中规中矩"。一心想要学习音乐的小男孩米格和为了"家族团结"而阻止孩子追求梦想的古板家人，最终因为亡灵节上一场穿越到彼岸世界的奇遇而相互理解，最终共同迎来欢乐结局……

而其中最催人泪下的，莫过于对"爱与死"的诠释。

只有当此岸世界的所有人都将逝者遗忘，逝者才会真正的离开这个世界。

影片通过墨西哥传统的亡灵节，以及在亡灵节上供奉逝去亲人照片的习俗巧妙地与米格的音乐梦想相结合。在故事的开端，米格因为音乐梦想不惜背弃家人，到最后，在他经历过彼岸世界的冒险旅途之后，终于明白了亲情的重要性，在回归家庭的同时，也让家人接受了自己的音乐梦想。

人之所以有别于普通的动物，是因为我们有情感与信仰。我们相信逝去的亲人在另一个世界仍然存在。纵然斯人已离去，亦不应当被遗忘。宇宙宏大，有限的生命终将消磨于岁月的洪流之中，唯有爱与信念，将永恒相伴于彼此身旁。

在《寻梦环游记》中，除了对亲情与梦想的阐释，还囊括了更为深远的思考——死亡。

子曰：未知生，焉知死？

这是儒家文化人本主义的体现。而在《寻梦环游记》中，恰恰阐述了一个镜像的理论：

未知死，焉知生？一如米格总认为不支持他音乐梦想的家人们，不如他的音乐重要；直到他在彼岸世界真正接触到死亡，亲眼见到那些因为被亲人遗忘而彻底消失的亡灵之后，才明白"一家人就要齐齐整整的"对自己而言有多么重要。

在现实生活中，你我又何尝不是如此？我们经历着许许多多自以为平常的人和事，我们觉得每天的"早安""晚安""再见""你好"都是例行公事；我们认为那些来自亲朋好友的爱与牢骚将会日复一日地重复下去，直到岁月尽头——殊不知，很多时候，别离的瞬间总来得格外突然，甚至来不及挥手告别，便已是天人两隔。

希望你在读完这篇拙笔小文之后，会愿意给远方的家人们打个电话；会愿意向刚刚争执过正在赌气的朋友们说声"抱歉"；亦或，你会愿意尝试着渐渐把心情慢放下来，去感悟和珍爱你身旁每一个平凡的日出日落。

2017年12月4日

18 岁，谁不为赋新词强说愁？

"2017"四个数字才刚刚远去，在一派和谐美满的新年钟声里，大家欢呼着，拥抱着，迎来了彼此生命中又一个新年。

每当岁末年初，最容易勾起人对时间强烈的回忆感。在这几日的朋友圈里，记忆又一次杀上心头——人们争相晒着自己18岁的老照片，一股浓浓的怀旧风情，铺天盖地席卷而至。

在这些"回忆杀"中，半是叹息着"岁月催人老"，半是感慨着"当年好可爱"。这样一致的评述，教人不禁感慨：在这世界上，不公平的事每天每刻、每分每秒都在发生，唯有时间最平等，唯有岁月不留情。日出日落间，无论呱呱坠地的婴孩，抑或英雄迟暮的长者，人们都在名为光阴的坐标轴上慢慢苍老，无可折返地一步步迈向生命终点。

在这些融融的"回忆杀"中，不少人的旁白，都伴随着追悔与伤感。青春如飞鸟，一去不复回。我们如出一辙地看着自己一点点地褪去青涩外壳，从18岁的娇羞少女，懵懂少年，渐渐长成内心坚硬，外扩圆融的社会人。我们如出一辙地看着当年信手拈来的豪言壮语，如今渐渐化为安于平淡的谨言慎行。

时间磨平了人身上的锐气、锋芒和棱角，却难以消磨记忆的余温。

　　偶尔，在夜深人静的时候，我们还会一个人摁亮音响，开一瓶啤酒，点一支香烟，去回溯一下往日时光。唯独这时，还能依稀回到那个擅于做梦的年纪——18岁。

　　18岁的自己，是莽撞的、呆蠢的、天真的；身上却仿佛总有着用不完的力气，心里堆满了做不完的"白日梦"。

　　而今纵观身侧，那群曾一起嘻嘻哈哈的小伙伴们，也都开始两鬓斑白，也都开始为肚腩上的赘肉发愁。

　　此时，或才明白，青春它已然走远。

　　它属于每一个人，属于每一个经历过18岁，又从18岁走出去的人；它是人生命中的一个节点，是夜空中一簇无与伦比的曼妙烟花，是灿烂而短促的美丽与冒险。

　　18岁，为赋新词强说愁的年纪。也痛也笑也快乐，也哭也恼也忧伤。可不论你怀念与否，追悔与否，满意与否，那段写满青春与活力的日子，终究已与你渐行渐远。

　　周遭亲友们，皆在2017年的最后一天里跟风似的炫耀着自己的18岁——只因青春，是世上每一个人独一无二，却又足以感同身受的无价宝藏。

2018年1月3日

夏日·赋诗卷

清明上

故人西辞潇湘去，奈何桥头无乡曲。
魂兮鬼兮遥入梦，占尽韶光是清明。

仿凉州词（两首）

其一

漫漫黄沙若重澜，铮铮战骑踏玉关。
试看今夕太平世，皆赖热血换长安。

其二

绵绵漫漫黄沙海，暮暮朝朝涌玉关。
看尽三秋一片月，驼铃声处故人还。

凉夜抄诗感怀

新笔新墨新痕迹，纸上还见旧词句。

少时酷爱戏连句，举目茫茫漫知己。

独步书山无觅处，讥言凄厉类风雨。

而今沧桑非往昔，奈何残花已入泥。

附韵 · 咏白海棠限门盆魂痕昏

一户寒庭一蓬门，旧时白衣旧时盆。

不沾四时芳菲色，偏染三五秋月魂。

落得凡胎不自已，风拂流光惹泪痕。

玉蕊鲜妍复何如？不过黄昏到黄昏。

夜读偶感

夜读觅僻意，狸奴伴遣怀。
腿负千斤事，卷展一灯白。
新墨承旧迹，死志向生来。
兴至莽提笔，拙字难举哀。

墙

朝晴晚雨昔风替，催凌寒苑百花残。

墙里青兰空媚好，应向晨晖竞次开。

遣　怀

岁去心未冷，谈笑伪复真。

爱恨归曲笔，不敢告来人。

乘醉偶得

四日三夜多苦悲，碌碌庸庸是为谁？
偷得浮生半日醉，不见晨曦不言归。

赤壁狂想

赤壁残阳一水间，遥望东吴万重山。
秋末往来西风紧，消息频入梦里来。

深夜忆旧

厌作人间俗世词，更无新愁赋闲思。
纸上笔下漫心绪，挑灯复看旧年诗。
旧年杂句如骤雨，顷刻摇落风骚迟。
莫道白驹太无情，红尘谁无老死时？

捻香（两首）

其一

莫道操劳负浮生，喧嚣乱耳是红尘。

偷闲未若烹茶坐，一炷沉香又一更。

其二

百世纷争难止休，无非名禄与烦忧。

我心飘摇入风散，不以浮喧论去留。

读《古诗十九首》有感

十年执笔犹稚子，半纸赘字半纸情。
若求一语千层浪，先阅俗世万人心。

长歌门（两首）

其一

我寄秋心予山河，无奈河山不待我。
若得清明太平世，再倚诗酒醉长歌。

其二

莫道红袖不知愁，身临乱世何解忧？
唯倚琴音藏利刃，七弦凝绝写春秋。

自题一律

亦真亦幻亦沉梦，似是似非似浮生。
也拟一朝红尘事，却把秋月作乾坤。
情深更做无情处，惆怅还为恩怨分。
半为俗脂半骚客，混沌世间唯此人。

咏寒食

一剪新风一剪春，几家新燕几回门。
寒食作古无人祭，陌巷青烟绕锦城。
旧事往兮风物尽，英名老矣化凡尘。
思烟台迹今不再，何处得闻蒸饼声？

游冶小记（三首）

其一

杨柳荫时青桃小，竹影微斜燕筑巢。

远山近水风光好，枇杷衔黄榴花妖。

其二

夕照拥碧树，鸟鸣倦黄昏。

闲坐咏岁月，翩然去无痕。

其三

银砂小炉新焙久，烹茶雅坐苦吟诗。

若得知己常相伴，长谈入暮不嫌迟。

遣怀诗（两首）

其一

嶙峋岁月如烟散，故里繁花次第开。

一别三百六十日，潜心静候梦归来。

其二

千山叶峰狂，雪落满寒窗。

入梦不知梦，孰不枉思量？

二十四节气诗

立春

细柳条条探芽苞，轻风拂面嫩春草。

雨润野田泥土香，玉蕊迎春花开早。

新燕衔泥归故里，早莺啼鸣枝头闹。

春耕将至农家忙，但盼秋收田间笑。

雨水

草木萌动春水流，杏花红妆添锦绣。

大地氤氲天生水，淅沥滋润贵如油。

时节好雨初发生，点点滴滴润枝头。

今岁春霖沛九州，终年皆得福泽佑。

惊蛰

春雷滚滚绿穹苍，田间地头耕织忙。

黄鹂阵阵鸣翠柳，布谷声声报满仓。

满园桃红关不住，棠梨次第换新装。

新绿点染生机旺，暖风拂面带花香。

春分

田间播种育苗秧，麦苗青青菜花香。
仲季花开春分日，莺喧草长农耕忙。
待到晴明和暖时，携友踏青浴春光。
天朗气清惠风畅，同享美景最安康。

清明

清明时节雨纷纷，插枝辟邪望阳春。
薄酒黄纸随风散，寻游踏春柳絮轻。
鲜花祭祖为新礼，介子寒食是旧闻。
百年传统扫撒日，不忘先人不忘本。

谷雨

细雨淅淅谷物壮，野径桃红新绿长。
东村花下有仙子，仙子芳名曰春娘。
鸟啼虫鸣蜂蝶舞，上佳时节自芬芳。
年年岁岁有今日，今日占尽一季香。

立夏

斗指东山埂田下，秧苗青青待盛夏。
和风拂面人心暖，宿雨催生草木佳。
陇上农人笑颜喜，勤耕良田晚归家。
藤蔓牵挂胖青瓜，王婆不言大家夸。

小满

丰年季节四月中，五谷纷熟各不同。

豆苗才露尖尖角，麦穗青芒始成锋。

稻田追肥促分蘖，抓绒剪毛防冷风。

此时最宜怜春色，姹紫嫣红暖融融。

芒种

黄梅时节天多雨，弄作最宜是红芋。

籼秧拨节蓄花黄，稻田荞麦除草急。

芒种过后盛夏至，炎炎惠风好天气。

忙碌不拘朝与暮，此季实乃农忙季。

夏至

夏至端阳有蝉声，烈日炎炎伏热生。

酷暑冰雹兼骤雨，电闪雷鸣日昏沉。

阴晴天气时莫测，唯有农作最喜人。

乌金土地初黄麦，可盼岁末好收成。

小暑

盛夏六月火灼地，小暑初入三伏天。

割晒稻谷天气好，防雨防火莫等闲。

垂杨干瘦无风热，草上蟋蟀鸣破天。

夏日炎炎神思倦，觅得阴凉分瓜闲。

大暑

烈日炎炎当空照，谷粒饱满长势好。
大暑炙热煮绿地，蝉虫嘶叫似火燎。
酷热暴雨两相催，最惧低温毁秧苗。
一年忙农多辛劳，丰年欠年看今朝。

立秋

晨曦雾霭绕蓉城，丝丝凉意随风生。
满目梧桐金秋色，暑意渐消夜渐冷。
夏荷间有莲蓬小，金蝉长鸣诉秋声。
纷纷芦苇摇风絮，粟稻粒满待收成。

处暑

无边落木气幽深，鹰隼捕鸟稷丰登。
冷热交替着衣难，秋雨动人寒气生。
莫道此节不相宜，尚有秀色醉乾坤。
蜀中好花名芙蓉，芳姿倾绝锦官城。

白露

白露靡靡凉天气，鸿雁梁燕向南去。
苹果秋葵堆满仓，农人丰收稻晚米。
十五中秋月儿明，游子此季多乡思。
团圆佳节盼相聚，千里婵娟共此时。

秋分

一场秋雨一层凉，旷野繁露未成霜。

晨起夜分最清寒，早晚更需添衣裳。

玉蕊凌风颜色好，满目青白与金黄。

持螯赏桂观秋色，天高云淡心神爽。

寒露

硕果累累压枝低，晨起浅滩腾雾气。

寒意渐浓秋渐深，蝉噤荷残虫鸣稀。

佳节重阳在九月，扶老携幼城郊去。

满目枯草与红叶，登高不忘插茱萸。

霜降

霜降日短夜渐长，草木凋零颜色黄。

北境已有冰雪迹，南国始觉秋风凉。

月夜云高雨水稀，松柏青绿傲穹苍。

满目萧条深秋景，待到风起冻三江。

立冬

农事未尽修渠忙，待到明春好插秧。

寒意渐近秋渐远，冬日最盼有艳阳。

屋檐廊下冰霜冷，红泥火炉温酒香。

棉衣棉鞋常备好，此季过后严冬长。

小雪

藕塘旧荷尽凋敝，菊残犹有傲霜枝。

初雪已染江北秀，江南还未添冬衣。

蜀地银杏此季落，满目金黄梧桐雨。

待到明年春分日，枝头盈盈又新绿。

大雪

长夜漫漫风雪急，晴明朔雪压枝低。

行人踏雪匆匆过，雪落山路更崎岖。

天寒地冻懒出门，缩手更要添冬衣。

苍茫大地一片白，瑞雪丰年征兆吉。

冬至

最冷冬至数九天，北风卷地冰雪严。

万物萧条无生景，唯有红梅换新颜。

烹羊宰牛在今朝，啖膻食腥为御寒。

老病添暖度冬日，孩提欢笑盼新年。

小寒

寒九出门霜上走，草庐檐下冰笋瘦。

瑞雪皑皑铺天地，红梅凛凛笑枝头。

孩提呵手嬉冰雪，喜鹊登枝迎春流。

今岁麦盖三层被，来年仓满庆丰收。

大寒

大寒过后是春晨，万物复苏待新生。

岁寒三友犹傲然，春兰水仙把春争。

花草树木管时令，飞禽鸟鸣报社村。

千门万户瞳瞳日，新桃旧符迎新春。

秋日·填词卷

沁园春·金色面具

（校改《金色面具·拱门》小说后作）

　　千年风霜，万丈山河，尘封韶光。黯淡浮土下，金属未朽，青铜犹绿，灵气难藏。借势岷江，贡嘎作骨，眉目威严镇四方。安乱世，看民心所向，弃武兴商。

　　凡俗易见沧桑。十三世、回眸已渺茫。史载言功过，未着只字，默然消湮，空惹迷茫。斗转辰流，王城姓改，谁记昔年旧氏羌？穹苍下，唯金石不腐，尽诉辉煌。

兰陵王·荒天

杨花谢，驿外烽烟不歇。良田上，耕作无人，春去秋来尽荒竭。饿莩盈暮野。悲切！残阳泣血，西风冷，寸寸促逼，蝼蚁饥寒谓谁解？

征檄冷如铁，普天尽黄泉，民命难借。又闻获稻遇严雪。田间无颗粒，卖儿鬻女，城里城外漫呜咽。死别复生别。

凛冽！骨寒彻。楚雨噤声哭，苍生泯灭。恨疾苦罄竹难写。以战何止战？空启浩劫。新坟旧冢，入梦里，冷江月。

水调歌头·长安

千里一秋月，百岁忆长安。未央宫阙不复，长乐化尘烟。岁岁春风南去，事事随波尽散。旧迹可堪回还？纸上万千路，挥墨度重山。

短歌倦，欢未尽，梦转寒。难摹古意，唯以新酿寄陈年。秦汉风骚不复，败笔俗词何遣？举目望江天。海似人心阔，无处不长安。

踏莎行·古蜀遗风

（撰"古蜀熊猫－大话古蜀"专栏文章后有感）

斗转星移，史书烟雨。重游古蜀万里路。青铜百扅耀苍穹，神祇密语乾坤覆。

回望陈年，空烟迷雾。繁华往事千山诉。依依垂柳挽黄昏，今宵一梦青云处。

永遇乐·赤壁妄谈

　　赤壁秋风，烟波江畔轻舟浮梦。欹枕斜阳，余晖徒惹风雨英雄冢。乌林寒鸦，泥尘烽火，皆化史书诗颂。纸上，空以短歌相诵。

　　沧桑易变，昨日鏖战，乱世风翻云涌。俯仰之间，挥师万里，一令三军动。千帆烈火，无情烧尽，满目哀鸿悲恸。到如今、唯吾俗子，倾杯与共。

雨霖铃·青铜神树
（游三星堆遗址后有感而作）

　　绿水浮皱，青山向晚，暮锁烟柳。新红扶风脉脉，无言看尽，繁华春秋。建木扶桑碧树，镌青史难朽。巨浪里，岁月如波涣真谬。

　　欲题盛景拙文瘦，叹金乌、耀目如章绣。九州何处及此？敛瀚海、储辰藏丑。莫怨时移，旧事消弭，尽化乌有。数风流，治蜀兴川后！

采桑子·雨晴后初见雪山

远山缥缈浮光软，宿雨初晴。宿雨初晴，西岭通途一脉青。
欲乘白鹭逐风去，重访玄林。重访玄林，且借霞晖暖翳云。

烛影摇红·与旧友重逢后作

　　一绝音书，九重山海光不渡。三年两地各天涯，望断少年路。

　　重逢不论归处，半晌欢、漫说心事。只言春暮，映窗荼蘼，海棠如故。

破阵子·白起

　　昔日杀神一役，今朝犹忆风云。谈笑间屠戮万姓，多少功成热血殉。千里祭长平。

　　待到晴明鸟尽，乾坤风定天青。孰问良弓何处去？御剑无情弑功名。寒鸦哭到今。

忆江南·苏杭

江南好，三月入苏杭。驿外春红惊宿雨，梁间新燕踏歌忙。和梦醉流光。

西江月·夏至

碧树鸣蝉翠果，热风闷雨新茶。庭前小院倦分瓜，过午卷席消夏。

一枕黄粱好梦，醒时月倚红霞。不思日月若流沙，展眼青丝花发。

行香子·听雨

　　倦烟凉透，入夏还秋。听琳琅、抛尽红豆。斯人如故，相思难收。遥记去岁，烟波处、风吹荷旧。

　　新词已竭，残情难收。问孤灯、谁解离愁？莫若自斟，陈年老酒。一觞送梦，到旧年、花开时候。

减字木兰花·咏怀

(今日读旧书、拾旧趣，故借旧题旧韵以咏怀)

诗情雅乐，不过朝露与暮雪。人生无常，风骚如何度炎凉？
偶得闲趣，也借故梦邀一曲。奈何韵短，曲终人散夜灯寒。

减字木兰花·咏怀

(是日感慨，诗词之属，不过昨日南柯耳)

十年一梦，逡巡秋月叙春风。字里行间，葬尽岁岁复年年。
堪叹流光，漫透红尘始悲凉。不问来人，可有相知续残灯？

醉花阴·忆旧

临暗江天初雨后，风渡青门柳。暮落杳无声，醉里横舟，入梦离人旧。

听闻新雪拂云岫，漫舞苍山秀。无奈各天涯，南北西东，皆叹音书瘦。

烛影摇红·生渡

命若蜉蝣，生生生渡渡忘川。落魄骚客与风流，自古苦牵恋。最恨红尘情浅。曲未馨、浮生凋残。留得孤雁，独拾泪痕，还作笑颜。

声声如旧，怅怅怅唱唱心寒。莫笑歌女最无情，新妆贺欢筵。只怨世道辛艰。捻浮土、小祭新坟。唯愿隔年，重逢时候，七月未半。

满庭芳·旅归

（游古城墙后作）

淡烟蔽日，乌棉鎏金，秋风脉脉无声。远霭近树，不语向黄昏。满目沧桑败景，行止间，勾勒红尘。目及处，衰草浮梦，连绵到孤城。

难分。往事尽，凡俗纷扰，易伪成真。寒鸦啼、凄厉如禁如焚。丹心无人诉也，青史上、热血尽冷。徒留这、山水暮色，残照哭离痕。

念奴娇·樱花调

（是日读《日本史》偶识早夭少年敦盛，感其命若夜樱，未见晨曦即凋殒。故有感而发，作《樱花调》一曲以祭之。曲罢尚觉不足，复又提笔，拟此小令抒臆。）

玉面弱冠，风流未入骨，命陨魂断。自古芳华易凋敝，更惧世道晦暗。有心宏图，少年壮志，奈何违命难。花柳之质，怎堪刀剑相残？

曾寄清笛遣怀，多少春风曲，空赋苍天。枉撼敌戈知音泪，终是血染轩辕。可叹君子，恍若浮樱，零落即完满。万事休矣，唯留后人闲谈。

满江红·鄂王叹

半生壮志，十年功，一诏皆休。人间乱，皇天不仁，万物刍狗。空有满腔精忠志，十二金牌付东流。叹昔年，旧风波亭外，未白头。

莫须有罪，任君说，青史难诉。何足惜？也曾慷慨，挥斥方遒。且借食骨寒鸦目，看尽世间春与秋。待千载，河山光复后，共神州！

满庭芳·蝶

（听《葬心》有感）

衣摇曳，梦影婆娑，唤起早樱满园。点染春色，翩然卧花间。独酌枉自销魂，沉醉了、流光婉转，任凭这、芳魂缱绻。解落暮春寒。

缘浅。回眸间，斗转星移，花飞人倦。江畔月犹在，空惹流年。莫道隔年犹可见，花相似，芳尘空掩。堪叹这、一片离魂，为谁芳菲远。

鹧鸪天·病中月夜

庭前垂柳黄复青，旧梦一纸啼痕新。浊酒泼醒少年事，愁肠弹断七弦琴。

叹年来，不敢病，只怕病里更伤情。溪桥明月今犹在，乱鸦点点不问津。

一剪梅·忆昔

古道西风肠断处，衰草织尽，连天愁绪。寻花问梦花不语，几番零落，哪得春住？

曾经多少嶙峋路，向晚回眸，形影相顾。若问此生归何处？红袖楼头，那年春暮。

鹧鸪天·相思

临波水榭秋霖洗，薄雾缭绕弦月低。墨染青丝初飘雪，纸上相思始成疾。

西北望，路千里。年来容音两依稀。惆怅骚客醒复睡，不得一梦到辽西。

卜算子

疏雨三月暮，携壶踏春来。蔓草幽阶冒烟柳，自向东风裁。
向晚不思归，短歌笑遣怀。年年荒舍青冢畔，情在生死外。

暗香·夜露

　　点点滴滴，浸蘅芷兰茝，暗香漫溢。慵卧花心，占尽晚芳迷离。可恨漏夜仓促，玉露怎奈焦阳噬？这一番、芳泽遗梦，何处觅踪迹？

　　无绪，晓寒凄。叹瑶琴声绝，南柯梦碎，一别无期。楼上琵琶私语急，诉尽相思愁绪。曲中人，犹在泪眼里。再拨弦，问风雨，此情何寄？

鹧鸪天·感怀

半盏红蜡曳庭筠，篆字沉香和泪熏。醒时残花自幽怨，醉里相逢犹逡巡。

红尘梦、若浮云，一朝风来何处寻？未若此生空寂寞，不识秋月不识君。

钗头凤·忆同门

（今与旧友相约出游，然久候未至。闲来无事，忽忆当年虚幻江湖，风云叱咤，天策一门，八尺长枪，气吞山河。而今唯余追思。故以此作，遥祭同门。）

残阳艳，玉门远，阳关清韵独唱晚。柳丝长，朔风凉，归路杳渺写残光。茫，茫，茫！

黄沙漫，漠北寒，采薇旧歌又几番？醉一场，梦回肠，荒冢青处是故乡。伤，伤，伤！

暗香·千雪

(记游戏人物沧千雪)

　　缺月清寒，照多少春秋，离人寂寂。萧索小楼，摇曳了无情风雨。几番浮沉世事，都化作纸上墨迹。自思量，红颜渐老，嵌入镜里。

　　枉顾、少年事。曾策马狂歌，踏破三千铁骑。流光轻纵，空余残花向谁寄？多少隔年旧梦，叹年来、日渐依稀。衾枕上，夜无言，红痕新添。

扬州慢·与旧友绝交后作

（近日与一挚友因故绝交，伤怀难已。哀遇人不淑，叹世道不幸，感人心不测。痛心至极，竟数夜不能寐。聊以一阕新词遣怀，个中词句，字字写照。）

杏花陈酿，微雨秋夜，最是忧思缠绵。叹皓月易缺，哀美梦难圆。近三载晏晏韶华，一朝玉碎，空余缱绻。再无言，悄闭疏窗，孤枕幽咽。

昨日犹见，半梦里，流光回转。正互诉新愁，调笑酬和，笔墨言欢。纸上心事还浓，抬眼间，义绝恩断。浊酒冷寸心，随风小祭流年。

踏莎行

香雪满园，翠英无数，雨丝风片闭春暮。满目春花不思量，长亭泪眼枉相顾。

绣绒无骨，团团难聚，无缘怎得韶光驻？常向红边哭杨柳，裁剪千丝送春去。

醉花阴·噩梦惊起后作

　　噩梦连宵惊残夜，漏尽难再歇。晓星催鸡唱，声声如割，啼破杜鹃血。

　　东篱旧酒兰亭月，年来空堆雪。移灯揭残卷，半半之间，一片相思叶。

卜算子·寄友

破镜难重圆，逝水自向东。千重高塔十年梦，一朝付东风。
人去秋榭寂，雁过楚天空。纵使明年花亦红，终究两不同。

诉衷情 · 记梦

夕照暖人落花垂，晚风拂浅醉。且行且抛旧事，昔日尽芳菲。

三生梦，一觞泪，却为谁？离恨天外，孤棹寒水，度我魂归。

醉花阴·偶读旧作有感

闲来无事觅旧踪，心事付东风。春去落花辞，零落须臾，隔年又新红。

墨迹还浓人不同，叹韶光匆匆。莫道无前缘，离合聚散，冥冥寄梦中。

江城子·惊梦

风曳流云绕花间，暮色染、绮罗衫。摇落残红，和梦醉小园。一阕新词一声琴，羡煞了、双飞燕。

红烛流影自缱绻，茜纱幔、绯朱颜。婉转残夜，胧月惹流年。忽闻霹雳撼西窗，惊坐起，泪阑珊。

西江月

　　暮落西江向晚，寒烟绕水朦胧。倾付此身秋月中，谁人共我一梦？

　　琴弦断了又续，栊香淡却还浓。辗转残夏又严冬，铸了离恨千重。

醉花阴

冷月还寒幽梦绿，夜凉风独语。孤雁去无痕，哀声如诉，为谁生千羽？

筋斜盏倾思无绪，红浸丝千缕。抱琴不成曲，弦上玉碎，摔落梨花雨。

卜算子·春日游园

秋千摇春晓，几点新红绕。千丝细雨弄芭蕉，鬓边海棠娇。
低眉人浅笑，却把青梅抛。一曲菱歌惹红绡，更把春意闹。

祝英台近·相思

　　碧空云，卷复舒，渐随东风去。浮云无情，那堪秋风助。空留寒鸦点点，声声如诉。啼不尽、往事无数。

　　泪如雨，抛落沧海密处，泛沧漪几簇。潇湘旧迹，徒惹秋人语：曾经杏花庭院、陌巷深处，唯余这，满窗愁绪。

声声慢

　　蜿蜿蜒蜒，迂迂回回，折折曲曲弯弯。最是临波独立，心事迁延。木楫击破清流，扁舟子，不到忘川。

　　小楼上，飞絮新，又是一年春残。白蘋烟波缭乱，尽三载，多少离恨望断！可怜罗帕，夜夜浸透还干。堪叹山高路远，云中雁，一去不还。空余这、翠竹上点点斑斑。

满庭芳·相思

淡墨青烟，疏柳画桥，长亭飞花向晚。几笔烟波，遥遥一孤帆。半阕年前旧词，落纸上、心事晕散。朱砂印、小字未干，凭窗叹夜阑。

轻寒。红烛残，更漏敲尽，秋心无眠。望北天星辰，七子渐暗。也曾拟释缠绵，怎奈这、山高路远。不能寄、十载相思，化作泪一点。

青玉案

一番烟雨洗江天，染轻罗，透珠帘。蹄声尽处沧山远，弄罢玉箫，倦了竹笛。独立懒凭栏。

也拟登楼唤归雁，又恐雁去春更寒。闲闲弄墨续残卷，字里情深，纸上缘浅。默默再无言。

浣溪沙·骤雨

风卷层云裂沙石，骤雨惊天梦犹迟。乾坤翻覆几人知？

闲来烹茶自调笑，且拟疏狂换愁思。坐看云销雨霁时。

南柯子·忘仙

（听《忘仙》有感而书）

古桥烟雨寒，竹伞朱颜低。蓦然回首魂梦绮，千年清骨一笑绝仙机。

秋月亏复满，画梁荒草凄。晚风摇碎洛城笛，三生牵念半曲残韵里。

一剪梅·寄望

年来入梦日渐迟，独卧玉榻，新愁浅织。流光如水月如丝，为谁吟这、半阕闲词？

庭前落花不忍辞，片片曾系、旧年心事。许你白练三千尺，遥寄望人，寸寸相思。

鹊踏枝·思卿

（读《阴阳师·鬼小町》有感）

死生相见复何如？年年花开，花叶遥相顾。柔肠三千和歌诉，晚风摇落红泪珠。

纵使此生身同驻，奈何无缘，难解相思苦。冥河清浅魂不渡，三生石畔终身误。

采桑子

寂寞楼台空对月，月上西楼，楼里新愁。画屏墨淡水悠悠。
惆怅江天归客晚，晚来扁舟，舟破清流。残柳枝头写残秋。

采桑子

去年花朝杨柳堤，一枝玉蕊，几点红薇。鬓云横斜人浅醉。

今夕还作旧天气，孤棹寒水，独吟式微。晚来落花空憔悴。

浣溪沙

菊花菊叶两相催，逐波流到泗水湄。几番浮沉娇心碎？
剪剪秋风一夕冷，漠漠寒烟几缕微。散入碧空终不回。

虞美人

胭脂花笺初泛白，墨迹入莲台。青灯古卷催人老，独倚寒窗望月到拂晓。

梵音不解东风语，脉脉送春去。槛外杏花又新红，多少蓬莱旧事已成空。

虞美人·随感

韶华落尽夜色阑，独坐思绪繁。秋风不凉南天月，回首经年多少梦圆缺。

少时曾作如梦令，慷慨赋丹心。而今赤情渐零落，唯余几许残红空寂寞。

如梦令·咏郴水

（读秦观《踏莎行》后有感）

几番百折九曲，三波两场风雨。蓦然见潇湘，心自随水东去。不许，不许。怕是一场残局。

临江仙

（于归程车上，望晨曦朦胧，忽见日月同空，东西双明。感怀世间多少故事中人犹如日月，一心两地，空余满腹相思。）

　　玉露清寒幽栖冷，倦鸟醉倚飞花。落魄晨风御柳斜，抚尽丝千缕，泼墨舞一画。

　　淡月未歇斜斜挂，为谁不肯西下？枉自蟾宫人羡煞，曦月分两地，心各安天涯。

卜算子·忆昔

独酌明月夜，月寒水琤琤。梦里洛城玉笛遥，谁家捣练声？
漏尽灯花长，风疏影自横。庭前飞花若有情，亦当醉此生。

减字木兰花·琵琶语
（听《琵琶语》有感）

昨夜东风，解落残花寄长空。江心秋月，江畔离人灯未歇。

轻捻玉珠，揉碎旧梦惊白鹭。弦上相思，弦外愁肠几人知？

如梦令·夏时即事

日暮幻迷居处，麝煤闲吐香雾。不是晚花芳，偏惹蜂蝶无数。且住！且住！莫扰清闺雅趣。

如梦令·残菊

（旧年课上偷闲，试做灯谜一二。打一物，谜底"火锅"。）

　　昨日繁花满楼，朵朵妖艳枝头。一夕风雨摧，满地青黄消瘦。莫愁，莫愁！天凉又是一秋。

醉花阴

（此乃生平第一首词作，十载光阴荏苒，少年神思，当留作念想。）

星捧玉盘风盈袖，秋夜泛轻舟。残烛影双重，更深霜重，衣带初浸透。

月下把盏欲消愁，却怕愁更愁。莫道尚年少，人生几何？转眼又中秋。

冬日·放歌卷

战城南

蒲苇冥 秋水怅
南北西东漫 墟莽
明月寒 耀四方
荒山上 野死 无葬

朝行 出攻 不见 日暮
狼烟 烀火 烧破 三途
谁家 新妇 倚门 恸哭
仰天 空诉 苛役 难除

战城南 死郭北 祈乌勿 食我骨
此役竭 归人兮 不复
斜阳乱 灼寒山 祈黄沙 覆尘寰
莫留我 残尸曝 荒魂孤

朝行 出攻 不见 日暮
狼烟 野火 湮没 归途
怀中 新雏 唤声 待哺
尘世 何处 解得 饥苦

战城南 死郭北 祈乌啼 我残肤
横尸漫 无物遗 阿母
凄风劲 苦雨寒 祈豺狼 勿相残
留一寸 嶙峋骨 归故土

战城南 死郭北 祈乌勿 食我骨
无人存 徂魂兮 谁渡
斜阳乱 灼寒山 祈黄沙 覆尘寰
莫任我 黄泉路 荒魂苦

蒲苇黄 秋水凉
南北西东远 山苍
黄昏上 又一场
战城南 野死 无葬

（灵感来源：汉乐府《战城南》）

赤壁妄谈

赤壁残阳一水间，遥望东吴万重山。
秋末往来西风紧，消息频入梦里来。

浮生闲 尝携友两三
驭孤舟一叶 逡巡碧水间
抬眼看 流年尽消湮
剩夕照依依 向晚

人世间 沧桑多易变
昨日青釭剑 难逃岁月侵蚀淘浣
落昭残 消磨于指尖
剩一点 别史遗我妄谈

乌林寒 烽火烧不暖
风破重澜 掩功过三千
白骨山 覆楼船
半江烈火 灼千帆
往昔峥嵘浩瀚 尽沉眠

横槊俯仰 气凌穹苍
连环铁索捍澄江
东风狂 洪波荡 鞞鼓长喧震八方
望两岸 如故唯青山

喟人间 繁华止百年
昨日鹅羽扇 难抵岁月侵蚀淘浣
赤壁战 热血染天权
而后旌旗偃 谁记陈年

横槊俯仰 气凌穹苍
连环铁索捍澄江
东风狂 洪波荡 鞞鼓长喧震八方
回眸望 胜败已浑茫

横槊俯仰 气凌穹苍
试与曹相共激扬
举羽觞 致周郎 谓我今朝仍妄想
轻舟上 大梦回沙场

东风畅 洪波漾 入梦鞞鼓动四方
待梦阑 如故唯青山

满江红·鄂王谒

半生壮志，十年功，一诏皆休。人间乱，皇天不仁，万物刍狗。空有满腔精忠志，十二金牌付东流。叹昔年，旧风波亭外，未白头。

莫须有罪，任君说，青史难诉。何足惜？也曾慷慨，挥斥方道。且借食骨寒鸦目，看尽世间春与秋。待千载，河山光复后，共神州！

月薄西山夜寂
浊酒聊醉清笛
山河摇落风飘絮
故国归兮归无期

驿马传令声急
十二金枷难敌
明朝壮志如浮云
散入穹空何所续

也曾许复国重望 誓死身雪耻靖康
笑啖虏肉慰饥肠 踏破贺兰掠穹苍

唯愿喋血刃疆场 黄沙埋骨为故乡
谁料天道终无常 丹心未热血先凉

尝为忧国竭虑
奈何皇天不许
铁马冰河逐梦去
留我人间修罗狱

也曾许复国重望 誓死身雪耻靖康
笑啖虏肉慰饥肠 踏破贺兰掠穹苍
唯愿喋血刃疆场 黄沙埋骨为故乡
谁料天道终无常 丹心未热血先凉

天诏如山犹彷徨 为民为家为国殇
别时勒马复北望 落魄故地引泪光
十年鏖战前功丧 莫须有罪如何防
临安烟雨哭悲怆 滴滴含冤扣宫墙

风波亭前野草长 簌簌迎风唱还疆
残志一笔写沧桑 诉予后世继忠良

上巳歌

三月期 惠风畅邀花溆

携故约踏草 折梦涉浅溪

相予乐 言未毕宫商起

不论利禄与闲云 苍生尽知己

黄发若孩提 双鬓染秋情未已

沦漪投石激 泠然如歌扬心绪

群贤凭水立 欢筵无诗不成趣

清溪蜿九曲 且置轻杯引墨艺

浮光粼粼 翠盖托羽觞飘摇逡巡

彩袖拂波 行吟雅趣何须清流命

且待流觞落定 快拟新词和韵

拈香三寸 赋诗 若无再罚般若饮

三月雨 润物兮不为期

邀春霖入晔 白昼亦迷离

可堪怜 疏忽兮不忍避

莫若再 转轴拨弦 对天歌一曲

春日逐梦去 繁华过后多空寂
世事皆如许 祸兮福兮常相倚
嗟尔蜉蝣羽 朝暮之际尽散聚
人生难相遇 何不把盏共今夕

酒酣兴畅且把俗世浮名皆抛尽
曼舞笙歌山水助兴酬和为知音
昔有古人呼朋引伴相会兰亭
今朝吾辈临乱世 更以风雅正清明

若有他日 他日如斯
暮雪而聚 还聚知己
有诗为记 但记今昔
曾有诸子 同游上巳祭

浮光粼粼 翠盖托羽觞摇曳逡巡
彩袖拂波 行吟雅趣何须清流命
且待流觞落定 快拟新词和韵
拈香三寸 赋诗 若无再罚般若饮

酒酣兴畅且把俗世浮名皆抛尽
空山野趣飞鸟鸣虫声声唤知音
昔有古人遗风存迹会稽兰亭
今朝吾辈临乱世 唯效先贤鉴素心

城里城外

往事坠入梦魇
黑白善恶无力再辨
纵然时针逆转 回到破晓之前
也难逃沦落此劫

乱世刀剑无眼
将最后的微光斩绝
谁把岁月研磨成弧线
曲折间已走到了终点

也曾说不如不见
谁知戏言 一语成谶

那一年江北江南风波弥天
风声鹤唳危伏四面
他笑着提笔写下长笺
一字一句皆是勿念

那一天素樱飞雪榴火艳烈
孤行瘦马依稀走远

几度驻足回眸说再见
哪怕再见即是再也不见

乱世何所牵念
凡俗不敢埋怨缘浅
留得情深埋葬在昨天
待到来生再去兑现

也曾说不如不见
谁知戏言 一语成谶

那一夜素樱飞雪榴火艳烈
灯火长明笙歌未歇
听绝七弦三叠唱阳关
不言生死却道长安

还记得城外长亭细雨凝烟
孤行瘦马渐行渐远
几度驻足回眸欲望穿
那温柔岁月枷锁的泪眼

又一年薄樱胜雪榴花鲜妍
城里城外流光缱绻依然
楼上伶人把过客寻遍
再寻不得那年 说好的再见

无人生还

（审判的钟声 刺破了黑夜 原罪在涌动 永无止息）
（死亡的叹息 渐渐变清晰 谁也无法旋转既定宿命）

海浪鸣奏响神秘旋律 乌云化作黑夜吞没光明
回眸瞬间 狂风咏唱倾诉罪恶玄秘
梦境深处传来诡异话语 魔女含着笑无言侧耳倾听
夜之晚宴 在反反复复扭曲的时空进行

（心和祈愿）
灵魂坠入无底虚空
（驾驭罪孽）
狂舞的金色凤尾蝶
你的羽翼 绽放了多少无可言喻的恶之花

遏制住哭泣 不要让泪水打破了幻想的囚笼
等待着神明赐予此生唯一的救赎
毁灭的约定，在胸膛深处，撕碎了最后残存的黎明
流淌着鲜红的最后那一片 梦啊

（圣洁沦丧于罪恶黑夜制造出失去怜悯的心）
（将如何被惩戒啊）
（听 沉默的声音 啊 魔女 在喃喃低语）
（你可曾意识到心灵深处为悔过罪孽而发出的无言叹息）

罪恶的伤口无法治愈 被血色蔷薇缠绕紧这身躯
绽放瞬间 让仇恨溢满胸腔每一寸缝隙

（就让秘密）
化作失去羽翼之鸟
（冥冥之中）
也逃不掉神的惩罚
回眸瞬间 垂死挣扎时会呼唤谁人的姓名

别逃避罪孽 无论那一刻看见了真相或谎言
都将在魔女的权杖下化作过眼云烟
神奇的世界 怜悯与悲哀 饶恕了一切迟到的预言
紧紧地拥抱着彼此最后的 梦啊

（光芒满溢而炫目多彩的 禁断乐园的门扉已打开）
（顽固的命运啊 神之奇迹在梦境将醒之时悄无声息地缓缓
降临）
（黑夜和光明彼此交织 指引世界走向崩溃）
（无言的声音 是永恒的诅咒禁锢的话语）

（痴迷的心跳 欲望之火在燃烧）

遏制住哭泣 用执着信念打破这幻想的囚笼
祈求神明赐予此生唯一的怜悯
毁约的誓言 在世界尽头 灼烧着反复无常的灵魂
流淌着鲜红的最后那一片 梦啊

赤壁残阳

昨日壮志挥师南疆
旌旗凌空气贯穹苍
连环铁锁千尺压半壁清江

横槊赋诗豪情万丈
断言破敌犹如探囊
谁曾料得星火一点燎破妄想

是非成败 一朝消亡
唯余赤壁 沧浪汤汤

世事无常 恨东风枉助猖狂
累骨成墙 敌不过天意败象
乌林沧桑 叹八十万白骨更添凄凉
仰首怅惘 悲愤难当

不忍回望 怕听闻孤魂哀怆
败寇成王 终仰仗胜负一场
功成名将 自有士卒先驱血祭沙场

可恨苍天 逆我存亡

败走华容人马仓皇
天地不利损兵折将
长胜之誓终沦为梦魇虚茫

昨日壮怀今朝转凉
破敌豪言沦作黄粱
只恨漏夜星火一点燎破妄想

是非成败 一朝消亡
唯余赤壁 沧浪汤汤

世事无常 恨东风枉助猖狂
累骨成墙 敌不过天意败象
乌林沧桑 叹八十万白骨更添凄凉
仰首怅惘 悲愤难当

不忍回望 怕听闻孤魂哀怆
败寇成王 终仰仗胜负一场
青史之上 多少士卒先驱血溅沙场
点滴尽染 赤壁残阳

逝

谁的名字一笔一画化成茧
把折翼蝴蝶困在十指间
墨笔轻旋
携时间成涧
阻隔两岸渐远去的华年

谁的眼泪一点一滴断了线
淋湿满城生苍苔的屋檐
轻抚眉尖
垂落的思念
任泪光摔碎在嘶哑琴弦

等风穿越过纪年
等你入梦的画面
等苍穹日月都合拢的瞬间
等光影错落浮现
等星在破晓沉湎
等我陪你直到梦境以后
天明之前

谁的眼泪一点一滴断了线

淋湿满城生苍苔的屋檐

轻抚眉尖

垂落的思念

任泪光摔碎在嘶哑琴弦

等风穿越过纪年

等你入梦的画面

等苍穹日月都合拢的瞬间

等光影错落浮现

等星在破晓沉湎

等我陪你直到梦醒以后

天明之前

似　梦

宿命如囚 冥冥曲折难休 爱恨长盘纠
入蛊宿仇 毒煞初开情窦 此身何去留
常言浮生似梦 似梦浮生还愁
施咒束缚春秋 还尔一忘忧

莫笑吾若飞蛾 舍身赴火 颠倒了对错
只因债孽太多 苍天不怜我
唯此明珠一颗 纵使波折 也不忍割舍
世间千般苦涩 凭她 暖落魄

光阴似舟 载去旧年陈州 初见一回眸
不敢深究 宿命如枷如扣 注定了春秋
常言浮生似梦 似梦浮生还愁
未若执子之手 虚妄到白头

莫笑吾若飞蛾 舍身赴火 颠倒了对错
纵使债孽再多 苍天也弃我
留此明珠一颗 以咒为阖 恩仇尽埋没
只愿护她笑靥 长醉于南柯

谁料结局莫测 同舟幻设 终究是脆弱

一朝法阵消磨 往昔皆沦落

待到生死参破 世间唯我 孑然于山河

剩记忆如火 燃尽余生寂

福州雪

昨晚梦见福州下雪了。

然而在梦里我都知道，福州怎么可能会下雪？

那一定是我，在做梦……

——酒儿

日暮的钟声 绵延向远方

在那没有哀愁痛苦 永恒的故乡

用沾染记忆的指尖寻访

探看黄昏时分最后的微光

回忆就像 一柄利剑一样

唤回幸福也划开 无尽的哀伤

想握紧慢慢模糊的光芒

怕岁月将它一笔一画写作苍凉

多少期待重逢的幻想

犹如今宵漫天夜雪茫茫

待到故事最后的最后

谁能再续写这浪漫的假象

人世间回到从前的妄想
犹如福州初冬夜雪茫茫
飘洒着最美丽的绝望
在睁眼的瞬间化作枕边泪光

回忆的尽头 铺满了忧伤
像失掉翅膀的白鸽 仰望着天堂
岁月风干了花朵与希望
只留下故事里遥远的光芒

梦境不该 残留太多沧桑
却忘不掉幸福也 搁不下绝望
看指尖慢慢模糊的时光
揉碎在世界尽头枯木间的彼方

只恨人世一遭太匆忙
像烟花绚烂而转瞬苍凉
眼看着身旁人来车往
似一场无边无际大梦幻象

有多少回到从前的妄想
犹如福州初冬夜雪茫茫
飘洒着最美丽的绝望
在梦醒的瞬间破碎消亡

（灵感来源：福州朋友酒儿的梦境。讲述了"在一座没有雪的城市里期待雪天，犹如等待不归离人"的故事。）

赤　痕

断桥 斜阳 寒烟
耳畔 风声弥漫旷野
此生再见一面 是我最后执念
梦却追不上时间

今夕 孤城 湮灭
残雪 拂过你的残颜
指尖还能在你冰冷的侧脸
握住沦入陌路的蝴蝶

被雪染红的画面
不是苍天 是你的眼

我穿着红衣红袍红挂红衫
牵着战马 背着长剑
用你最爱的红色吊唁
忘却身后凄冷的残垣

我穿着红衣红袍红挂红衫
赤着双足漫步雪天

一步一朵血色红莲
把那没结局的故事 走完

古道 雪满 人间
归途写满断肠绝篇
征战 这条路上你已走得太远
连诀别都看不见

被血染红的画面
不是史鉴 是你的眼

我穿着红衣红袍红挂红衫
牵着战马 背着长剑
用你最爱的红色吊唁
忘却身后凄冷的残垣

我穿着红衣红袍红挂红衫
赤着双足漫步雪天
一步一朵血色红莲
把那没结局的故事 走完

如果时光流转到最后瞬间
我的名字能够伴你入眠
抑或你仍在仰天长叹
叹今生护不住 这百里河山

地下铁的风

车轮还在轨道上飞驰着
带走来来去去无名的旅客
直到夜幕彻底将光明吞没
直到城市陷入睡眠的长河

我还在无人的站台漂泊
在空寂的车厢里或站或卧
眼看着身体渐渐失去颜色
眼看着生命拥向世界的另一侧

在这相遇与别离共舞的时刻
只有地下铁的风还在悲声挽歌
它似有若无地吟唱着 吟唱着 吟唱着
一如记忆中未亡人忧伤的脸色

在这相遇与别离共舞的场合
唯有伸长十指再一次轻轻触摸
让指尖的温度停留在 停留在 停留在
黑夜与白昼交错分割的时刻

等待像一篇漫长的诗歌
一点一滴把时间缓慢消磨
听寒风穿透我空乏的骨骼
第七天过后连影子也渐近微弱

在这相遇与别离共舞的时刻
只有地下铁的风还在悲声挽歌
它似有若无地吟唱着 吟唱着 吟唱着
一如记忆中未亡人忧伤的脸色

在这梦境与现实交错的场所
唯有伸长十指再一次轻轻触摸
让指尖的温度停留在 停留在 停留在
黑夜与白昼交错分割的时刻

在这相遇与别离共舞的时刻
只有地下铁的风还在悲声挽歌
车窗外的世界渐渐地渐渐地渐渐地
伴随这悲戚的歌声变得模糊斑驳

在这见证着故事结局的场所
彼此拥吻直到双眼被黑暗淹没
谁还在喃喃地凭吊着 凭吊着 凭吊着
生命里最后一枝红硕花朵

残灯拂暖

听闻未正年间，有无名女子独居于深山，寿逾百岁而不老，世人皆以其为妖孽，不敢近。

是日暮，天大雪，有山民见此女与一胡服骁骑相会于山巅；次日晴明，女子身死，青丝尽白。

后有市井传言：此骁骑乃女子少时眷侣，后出征滇西，裹尸而还。女子闻讯，心智尽失，整日礼佛，向西以待。盖其志一也，百年间竟得芳容不改，直至临终，得偿所愿，一夜间，骨销头白，含笑而逝。后人有诗云：梦回人未老，梦碎青丝白。重逢于暮时，离人勿自哀。

　　倾酒半盏 醒时浮生已凋残
　　更漏流转 谁在故里溪桥边
　　折柳作念 唱一阕《声声慢》
　　流云遮蔽泪眼 梦回路转不见

　　岁月长安 辗转一天又一年
　　菩提津渡前 坐旧了枯禅
　　孤舟自横江畔 浮沉去留谁管
　　这执念 任它向来世迁延

暮雪山巅 拥抱此生经年 最后的月圆
荒唐世间 只恨这一念太短
转身回眸擦肩已是彼岸 黄泉花开满
勿相恋 莫哭伤了前缘

曾几痴缠 苦等缺月圆缺 等马蹄归返
写一纸空笺 寄相思到旧年
重逢于向晚 夕照也凄寒
谁的泪痕划过指尖 我最后的暖

岁月长安 辗转一天又一年
菩提津渡前 坐旧了枯禅
孤舟自横江畔 浮沉去留谁管
这执念 任它向来世迁延

暮雪山巅 拥抱此生经年 最后的月圆
荒唐世间 只恨这一念太短
转身回眸擦肩已是彼岸 黄泉花开满
勿相恋 莫哭伤了前缘

曾几痴缠 苦等缺月圆缺 等马蹄归返
写一纸空笺 寄相思到旧年
重逢于向晚 夕照也凄寒
谁的泪痕划过指尖 我最后的暖

晴　梦

依稀浮现 光影交错的画面
风声里 低语着 彼岸浮沉的渊源
如果时间 指针逆转后回旋
愿宿命 温柔这 寂寥的终点

被神遗忘的世界 凭谁伸手救赎无望的想念
梦境零碎的浮现 拼凑成虚无的从前

只留一念 还留一念
融化记忆的碎片
就让它驻足阳光下安静浅眠

彷徨之间 生死之间
弥漫诀别的泪眼
无助凝望着 空白的誓言

梦里相见 犹如无声的唱片
吟唱着 晴空里 彼此残存的夙愿
如果时间 逆转回流到从前

愿我能 温暖她 绝望的心弦

岁月埋没的世界 何处安放彼此牵引的想念
梦境倾塌的瞬间 铸造了荒唐的昨天

只留一念 还留一念
融化凝涸的荒年
就让它随风铃摇曳独自飘远

彷徨之间 生死之间
思念在指尖蔓延
微渺的轮廓 倾诉后不见

只留一念 还留一念
融化记忆的碎片
就让它驻足阳光下安静浅眠

彷徨之间 生死之间
弥漫诀别的泪眼
无助凝望着 空白的誓言

最后一眼 回眸一眼
融化凝涸的荒年
就让它随风铃摇曳独自飘远

彷徨无间 生死无间

思念在指尖蔓延

微渺的轮廓 倾诉后不见

温柔的眷恋 消失在天边

（白）

私ど晴子、どちらは夢ですが?

（灵感来源：小说《晴梦》）

七月半

　　吾年前曾得一梦，梦里有红衣女子，除鞋于畔，坠水而亡。有稚子童谣曰：

　　"红酥手，弯又弯，殁了的新娘没鞋穿。"

　　醒后纳罕，查之，方知红酥手实为绍兴小食也，因其状如女子素手纤弯而得名。吾乃蜀中人氏，何以知之？慎思再三，做此词稿，是以告慰梦中亡灵也！

江水长 长到奈何旁
野酒香 香透魂儿晃
晃 晃 晃 晃过头七再还乡
还乡后 留一缕 冷月光

痴心悯 戏言缠成伤
浮生上 缘劫两茫茫
茫 茫 茫 揉碎嵝峋梦一场
尽黄粱 缓缓淌 到虚妄

岁月易老 那堪人间易沧桑
明年今夜 烟火又辉煌

箫鼓笙歌漫 楼台花红新张
焉知阡陌旧冢 枯骨荒草复长

尘事过后 十里春风暖寒江
万家灯火 谓谁话凄凉
转过三生路 回首望乡台上
孰人可等 孰人可望？

痴心惘 戏言缠成伤
浮生上 缘劫两茫茫
茫 茫 茫 揉碎嶙峋梦一场
尽黄粱 缓缓淌 到虚妄

岁月易老 那堪人间易沧桑
明年今夜 烟火又辉煌
箫鼓笙歌漫 楼台花红新张
焉知阡陌旧冢 枯骨荒草复长

尘事过后 十里春风暖寒江
万家灯火 谓谁话凄凉
转过三生路 回首望乡台上
终是念想 故旧时光

枯魂彷徨 七月半夜再寻访
逡巡旧迹 默然到天光

看破红尘路 终是人来人往
怎堪念想 入旧时光

江水长 长到奈何旁
野酒香 香透魂儿晃
晃 晃 晃 晃过头七方离乡
离乡后 留一缕 冷月光

晴行记

晴明游冶山水间，看尽浮沉与华喧。
阴阳六道何所异？聚散离合皆因缘。

暮合难波川 孤帆独向晚
弥生烟波 横舟畔 樱云漫
花妖狐媚 尽邀相伴
倾壶热酒 醉六道 笑尘寰

炎节幽风暗 百鬼伺夜阑
彼伏此起 邪魔吠 馋魂乱
魑魅觑天命 迷途不知返
善恶一念 祸福两端

人间路无非 正与邪
施咒予苍生 度缘劫
待穹苍命数 尽解
丹心依旧 狩衣伴雪

野风津渡白 孤帆一叶寒

嶙峋佛刹 鼓钟声 到泊船
无足独行客 叹路难
一箪温粥 可为君 留半碗

游冶秋山倦 一别又一年
凉月已半 盂兰盆 冥灯繁
魑魅觑天命 犹嫌浮生短
朝嘲夜喧 狂歌尽欢

浮生似青灯 明与灭
百岁红尘事 待撰写
他朝时移沧海竭
轮回过后 雏红新叶

是非莫妄言
祸福常相偕
千载不变唯 风雨月

人间路无非 正与邪
施咒予苍生 度缘劫
待穹苍命数 尽解
丹心依旧 狩衣伴雪

（灵感来源：手游《阴阳师》）

合江冷

相传晚唐时期，剑南西川节度使韦皋曾于府河南河合流之处修建一亭，名曰"合江"。亭上宴饮繁华，盛极一时。后不知何故，此亭转瞬凋敝，一夜之间忽然再无人问津。乃至日渐荒凉，渐渐无迹可寻。唯余一个模糊的名字，流传至今。

千百年后，古亭重塑，江月依旧。人家嫁娶，常留念于此，是以借合江美名，寓意夫妻永结百年之好。而那与古亭一起被掩埋在时间尽头的故事，却再也无人知晓……

仰望亭前半江残月
浮光空舟两摇曳
沿着溯洄 合流到终结
也算执手白头相偕

故事写完终会被忘却
人间不过一场劫
江畔烟柳飘絮也似雪
吹白了三月又三月

若江流漫漫通往来生
我愿陪你停留在 这一程
若人心太冷 容不下情深
我愿许你黄泉路上一盏孤灯

若江流婉转满载离分
我愿来世还作一双人
若宿命无情 注定了空等
我许你今生最后一抹泪痕

若江水太深 渡不过缘分
只愿回忆永恒驻守这座城

（白）
合江亭 又黄昏
草木离离几度春
亭前往来嫁娶声
遗忘了旧年人

终点之前
——写给抑郁症患者的歌词

我曾经 独自徘徊在生死之间
在那片被阳光遗忘 冰冷的海面
让生命随波逐流 祈求海浪能带走
这世界上所有 绝望的瞬间

我曾想 提前拜访生命的终点
在那个没有风愿意 路过的房间
沾染锈迹的刀片 割开腐烂的世界
让红色温暖天空中 飘浮的阴霾

像一场 没结局的赛跑
即使努力 也终究哪儿也去不了
奢望能有普通平凡温暖的笑
却再也没有勇气上扬起嘴角

就算是依靠自欺欺人也不重要

我只想要能普通地活到最后一秒
可是我啊 可是我啊 找不到

有什么 能支撑我把人生走完
像折断指针的时钟 不能旋转
即使无数次挣扎 背负着绝望向前
也终究会被撕扯成碎片

我曾经 独自徘徊在生死之间
在那片被阳光遗忘 冰冷的海面
任身体随波逐流 祈求海浪能带走
我生命中所有 绝望的瞬间

我也想 提前拜访生命的终点
在那个没有风愿意 路过的房间
沾染锈迹的刀片 割开腐烂的世界
让红色温暖天空 中飘浮的阴霾

像独自徘徊在 无底隧道
即使嘶声呐喊 也终究无人知晓
疯狂地寻找 尽全力奔跑
仿佛有微光缭绕 又一次次跌倒

悲伤到再挤不出泪水温暖心跳
每晚反复熬夜到天亮也无法睡着

要怎样 要怎样才能够 找寻到

生命中最温暖的 温暖的时间
像在无梦光阴中那 肆意的长眠
生若夏花般绚烂 死如灰尘般沉湎
还有什么会在意这 最后一念

若能够带着悲伤 穿越过终点
藏在被遗忘的角落 安静长眠
等冬天唤回夏天 等飞鸟由北回南
或有人能叩响寂寥的心弦

我也想在人世间 找寻到牵念
在那个没风愿意 路过的房间
听见门铃的歌声 拆开新年的信件
让空气中洋溢着 陪伴的温暖

如果故事的结局 只有救赎或沉眠
愿你伸出双手 指引我靠岸

奈 何

唯有沉默相对的夜色
拿什么换年轮如梭
深思过后追寻缘由因果
不过是命运作弄你我

梦错落 交织着
生死间都是看客
有如果 却不能言说
到最后忘了什么

亲吻的颜色 谁替谁研磨
轮回中没有对错
绯红后零落 误入了传说
却甘心彼此耽搁

梦坠落 交织着
生死间都是看客
有如果 却不能言说
到最后记得什么

亲吻的颜色 谁替谁研磨
轮回中没有对错
绯红后零落 误入了传说
却甘心就此耽搁

痛心着焦灼 不如都沉默
爱燃尽心也烧破
注定了蹉跎 虔诚又如何
不过是一句奈何

谁在桥头叹奈何

戏 魇

（白）

相传那古村里有一座古庙，庙堂后住着个专唱社戏的戏班。那庙前也曾生旦净丑，唱尽繁华浮生。后来戏班里一个唤作音官的小旦，不知为何在戏台上寻了短见。自那之后这戏班便离了古村，那古庙也渐渐渐荒芜，终究杳无人烟。而今过往的村民，每逢十五无月之夜，总能听见那破庙里隐隐传来女人唱戏的声音……

粉黛 入魇深
新词难解 旧风尘
唱念情深 对镜清冷
谁怜蹉跎忘川人

尘事 凭君论
多少故约 难往生
半生寻梦 半生枯魂
犹怜红尘忘情人

披青衫 戴花簪 素裙帔挂徐徐穿

匀面红 敷粉彩 勒旧容颜
移碎步 扑玉扇 凝眸轻转烟波含
还唱着 那一句 炷沉烟

渐隐 绕梁声
多少离合 空遗恨
人间风月 啼血成痕
难识难辨伪复真

披青衫 戴花簪 素裙帔 挂徐徐穿
匀面红 敷粉彩 勒旧容颜
移碎步 扑玉扇 凝眸轻转烟波含
还唱着 那一句 炷沉烟

（白）

世人都说人生如戏，戏如人生。便可知这世间常有多情痴儿，入戏而以假幻真，出戏而视真作假。终究难辨那红尘内外，是是非非，真真假假，孰为真邪？孰为梦邪？

飞　蛾

孤独似无人 的街
睁眼是漫长 的夜
看路灯从昏黄燃到湮灭
无止 无歇

生命的诗句 太浅
唤不回你的 时间
追忆若抽丝剥茧 也无从相连
被割断的 昨天

你终究是
化作那绚烂的花火
让双眼弥漫温暖的红色
就算只有一刻
就算没有看客
也算是活过

做那只扑火的飞蛾
让指尖染上炙热的红色

就算不被记得
就算即将沉没
也不太落寞

生命的诗句 太浅
唤不回你的 时间
追忆若抽丝剥茧 也无从相连
被割断的 昨天

你终究是
化作那绚烂的花火
让双眼弥漫温暖的红色
就算只有一刻
就算没有看客
也算是活过

做那只扑火的飞蛾
让指尖染上炙热的红色
就算不被记得
就算即将沉没
也不太落寞

渡

画楼 西窗 独向晚
望断 夕照 白蘋烟波乱
焚香半盏 浅拨朱弦
弹不尽 霸陵秋水寒

青丝半绾 卧花间
落红缱绻 醉流年
风透珠帘 梦影还寒
半醒间 恍惚又初见

问梵天 多少离恨筑我魂梦度忘川
夜无言 一腔心事对月提笔付残卷
空余十年旧梦换我相思成茧
隔年彼岸花开为谁芳菲远

问梵天 多少离恨筑我魂梦度忘川
夜无言 一腔心事对月提笔付残卷
空余十年旧梦换我相思成茧
隔年彼岸花开为谁芳菲远

烛影摇红·生渡

命若蜉蝣，生生生渡渡渡忘川。落魄骚客与风流，自古苦牵恋。最恨红尘情浅。曲未罄、浮生凋残。留得孤雁，独拾泪痕，还作笑颜。

声声如旧，怅怅怅唱唱唱心寒。莫笑歌女最无情，新妆贺欢筵。只怨世道辛艰。捻浮土、小祭新坟。唯愿隔年，重逢时候，七月未半。

浮生未半尽波折

庙堂多坎坷

逐梦执笔写山河

梦醒空落魄

沦落烟波客

木楫声声怅奈何

怅不尽一世南柯

斜月引寒江楼上笙歌

彻夜醉横波

谁知我迎送往来客

笑靥掩苦涩

身世不堪择

辗转花开终无果

又是一岁蹉跎

多少残夜未央度人过往

扁舟孑然倚寒江

弱风拂来轻歌 捎带惆怅

谁解 曲心多苍凉

轻捻竹笛相和 代诉衷肠

恍惚还记旧时光

引得一盏孤灯 入眸微凉

落在 飘零人心上

岁月无常逡巡过

残秋转冬末

谁舍寒衣常怜我

风雪独婆娑

夜阑更漏错

纤手提炉叩窗槅

一壶浊酒暖离合

岁末雪漫寒江 北风猖狂

吹折孤雁九回肠

对饮半瓢残羹 慰绥惆怅

可解 伶仃人凄凉

命若浮沉轻舫 逐流徜徉
痴心晕开尽沧桑
引得孤灯渐亮 似有微光
暖在 同病人心上

卿欲度我 可知是非莫测
虚名枷锁 此情怎生渡得
若红尘相知者便得以执手到奈何
又何须 叹 世情凉薄

隔年如故残夜度人过往
再不闻清笛临江
轻歌还作惆怅 堆砌成伤
曲终 无人慰炎凉

命若浮沉轻舫 随波徜徉
谁人敌得过流光
捻土成香撒在津口舷上

凭它逐流返冥乡
可代残梦飘零到远方

债

撑着纸伞走过一程又一程坎坷
握着笔杆写完一段又一段波折
牵着红线冥冥拴着你的他和她的
那些错了位的爱恨纠葛

谁还爱谁爱得红颜憔悴
谁等谁等到生命枯萎
谁的真心走不到约好的年岁
在没有光的时代愀然破碎

谁对谁的情话凋零成灰
谁被谁丢得彻头彻尾
谁的姻缘从开端就错了位
在没有光的梦里兀自相偎

借着念想抵抗一场又一场落寞
抱着回忆拼凑一片又一片苦涩
拥着江水唯留冰冷魂魄叹尽奈何
终究叹成了一纸传说

谁还爱谁爱得红颜憔悴
谁等谁等到生命枯萎
谁的真心走不到约好的年岁
在没有光的时代愀然破碎

谁对谁的情话凋零成灰
谁被谁丢得彻头彻尾
谁的姻缘从开端就错了位
在没有光的梦里兀自相偎

在没有梦的梦里独醒独醉

冰冷的房间

在深巷里 冰冷的 房间里
阳光和海面一起安静地呼吸
尽管就这样一个人
简单地活下去
也不愿就此逃离

无论 在何时 无论何地
时间总这样 平淡无声地老去
当 年月流转到 终极
也 不曾听见只言片语

如果可以 凭借身体 温暖着记忆
融化在 缝隙里 冰封的心

那也可以 依靠自己
渐渐地抹去 孤独的痕迹

在深巷里 冰冷的 房间里
只有影子 安静相依

尝试改变也并无头绪
冷眼看着 这窗外人来人去
独自徘徊到世界尽头
也无力改变宿命轨迹

如此而已

如果可以 伸出双臂 拥抱这黎明
照亮在 黑夜里 枯萎的心

也不愿意 放任自己
简单地抹去 活着的证据

循着梦里 依稀远去的 足迹
哪怕它已 模糊不清晰

在深巷里 冰冷的 房间里
阳光和海面一起消失在天际
而今也 一个人 闭上眼躺在原地
祈祷 救赎或结局

云间鹤

翩然一只云间鹤，大隐于野自甘心。

浮生未半 无心尘缘
种豆山南 草疏云闲

白昼兮自沉湎 飘然兮山水间
恍惚兮日月流转 大梦经年

身如鹤栖云间
不论尘世浮喧
利禄功名与帛钱
都似流云过眼

生死有大限 对错莫争辩
无谓今昔何年

蓬门柴扉斜
秋霖未竭 新红将歇
竹篱小院 有风拂野

邀风雨共青夜

归隐于山水间
不论尘世浮喧
利禄功名与帛钱
都似流云过眼

悠游兮自怡然 缥缈兮若谪仙
幽居兮其身独善 至此经年

似有鹤栖云间
隐于枝而未见
是非伯仲与坤乾
常窥之以冷眼

天道由大限 世事藏心间
笑看风云变迁

煮酒焙新雪
空山相偕 飞鸟作乐
落拓骚客 何须自嗟
且鼓盆歌半阕

煮酒温故雪
漫舞相偕 天人和惬

落拓骚客 何须自嗟
且举杯醉满月

归兮无名

杀戮境地 无止无息
皇天昏聩黎民苍生何所依
如若殉我 一己残躯
换得这乾坤清明当以天作祭

纵横捭阖 万千死生如弈
弹指几许 断了尘缘抹灭痕迹
只因世间传奇 谓我大义
殊不知 大义终是灭己

书简尚未着墨已然命定结局
唯有自欺 初心不负死而后已
他年盛世 或有史家杂谈青书美誉
谁知我只一念之差错唤了名姓

世事是非 无可言预
荒唐宿命于我不过一场戏
曲终人尽 繁华褪去
唯留此心如残月苍凉何所栖

胜败尚无定论早已参透结局
我命如棋 步步困于阴谋诡计
山阿托体 此生功过自有后世唏嘘
却无人知我心艳羡白头粗布衣

王朝姓改 置换天地
沸血染星河绵延数百里
初心未泯 似有微光 将熄未熄
奢望觅得一线生机

奈何 弈局终了必有废子当弃
舍我谁及 身死过后山河待续
若有叹息 只恨尽一生孑然无所依
待清明孰人堪可祭我 青烟一缕

岁月无常轮回过后又是一季
无谓心事 唯愿来生平常而矣
若有后记 但求谧我无字追我无语
忘我于穹空任累身浮名逐风去

忘我之浮名留白骨 枯朽后安息

诀　辞

恹恹红蜡蜡炬斜
摇摇疏影影未歇
恨离别 怅离别
别后三月鹃啼血

潺潺秋水水浮月
悠悠逐梦梦入劫
叹忘却 难忘却
却把情辞和泪写
墨痕凝成诀

孤雁去时杳无痕
啼破长安漫天雪
槲叶离枝入浮尘
唯有寒风送离别

孤雁泣时难为声
谶言一字相思绝
临川烟雨忆空城

唯留残灯长相偕

十年残灯长相偕

醉　月

马蹄疾 战鼓催 烽火三月
此身 将私情都抛却
落花成雪 湮灭了岁月
花开几人回

火光稀 夜如水 边声渐绝
举长枪 邀一轮相思月
半生摇曳 不语问苍天
等几世轮回

金甲御敌三千难掩人心憔悴
微醉 恍然又见落花时节
为谁浅斟一盏黄沙 空醉月
为谁 梦里常思归

290火光稀 夜如水 边声渐绝
举长枪 邀一轮相思月
半生摇曳 不语问苍天
等几世 轮回

金甲御敌三千难掩人心憔悴

微醉 恍然又见落花时节

为谁浅斟一盏黄沙 空醉月

为谁 梦里常思归

长枪独守大唐江山 此战魂不归

无悔 天明前再战一回

一曲狂歌醉月 山河破碎

无愧 尚有残梦长相随

（灵感来源：游戏《剑侠情缘网络三》天策角色）

阿喀琉斯之死

破碎的城市 蔓延着枯瘦荒草
遥远的光芒 在心中盘绕
谁 在远方 孤单地寻找
寻找他 未曾谛听的祷告

凌乱的街道 漫无目的地奔跑
岁月的浮夸 侵蚀着街角
风 太喧嚣 吹破心中的城堡
仿佛它 从未见证过美好

这一夜 梦太漫长
希望交织着绝望
双手合十 面向太阳
也看不到天堂

这一刻 故事太平常
没有人为英雄鼓掌
直到最后 丢掉信仰
也到不了天空 彼方

破旧的神话 伴随着古老童谣
被人抛弃的 神明的战袍
它 在远方 闪着醉人的光芒
等待那 不会奏响的号角

这一程 路太漫长
希望交织着绝望
双手合十 面向太阳
也看不到天堂

这一刻 故事太平常
没有人为英雄鼓掌
直到最后 丢掉信仰
也到不了天空 彼方

这一夜 梦太漫长
希望交织着绝望
双手合十 面向太阳
也看不到天堂

这一刻 故事太平常
没有人为Hero鼓掌
直到最后 丢掉信仰
也到不了天空 彼方

冷酒祭夜

暮雪杏花酿，入喉冷如霜。
孤鬼不知梦，只识野酒香。

暮落雪暗天阑 携酒逶巡庭前
几番岁月心弦 脉脉凭风拂乱

夜雨灯花十年 从轻狂到沉湎
易解迷局决断 难释生死聚散

征辑声重邀胡笳
催折槛外青瓦
故国不复何为家
烽烟燎过命若浮沙

生死之交飘零天涯
伤别离难为话
唯以指尖残局杀伐
代诉一生牵挂

漏夜雪染青檐 对饮相顾无眠
纵横黑白经年 只愿别后勿念

算尽机辨千般 人间是非惯看
而今置身此间 方知情深难断

战火灼破眉间砂
朽青梅 枯竹马
若此去血溅黄沙
莫留我白骨祭寒鸦
待到春风抚绿山崖
枯柳覆满新芽
可请你在旧时檐下
浇落一盏杏花

寂夜怅冷酒微呷
千觞后 烛影斜
情与不情何足话
口是心非弥彰真假
醉眼流霞映红帐纱
最风流也无暇
任这云雨落月沉沙
留他一念繁华

孤独的誓言

梦的影子 渐渐走远 在等待遗忘的昨天
孤独仿佛 誓约之剑 刺痛被风吹冷的时间
刻在轮回之间的温暖 融化了无尽的想念
彼岸风声越过灵魂的终点 只留下无声的誓言

梦的影子 渐渐走远 在挥手别离后不见
孤独仿佛 黑白默片 独自播放一遍又一遍
阳光坠入海岸那一边 融化了无尽的想念
此岸风声越过故事的终点 只留下无声的誓言

啊 漫天白雪 湮灭了世界
啊 孤独的信念 穿越了千年

梦的影子 渐渐走远
梦的影子 渐渐走远 在挥手别离后都不见

（灵感来源：动漫《Fate stay night》人物Saber）

听雪问剑

踏雪还愿 故约环顾旧庭前
风破重檐 人未现
恍若隔年 青灯尘暗
念不念 问心弦

孤身修仙 归途陌路两端
何为叹 为世间 如露如电

魂兮可知返 听雪问残剑
繁华后断井颓垣
来世从前 独舞向苍天
邀雪月共翩跹

魂兮不知返 听雪问残剑
零落后如何归遣
独酌千盏 凭此祭流年
黄泉人心可安

荒芜寒院 门外依稀旧人间

是非迁延 变亦未变
恍若旧年 梦境俨然
扣心弦 是执念

若未修仙 胜负可有答案
应悲叹 为此间 曾系前缘

魂兮可知返 听雪问残剑
繁华后断井颓垣
来世从前 独舞向苍天
邀雪月共翩跹

魂兮有残愿 而今可回返
唯此夜与君同眠
问剑三千 斩绝了流年
知己已在天边

魂兮莫回返 听雪葬残剑
繁华后各自归遣
江湖遥远 凭此记流年
黄泉人心可安

清　明

青梅枯萎，竹马老去，从此我爱过的人都像你。

——Hybird Child

枯叶如蝶坠入山涧

秋水婉转缭绕桑田

逆着西下斜阳余焰

拄杖细数过往残年

昨日鲜衣怒马少年

别时说好隔年再见

殊不知 直到墙隙盘满苔藓

细纹揉皱镜里容颜

也未能将 承诺兑现

光阴荏苒 谁站在冥河那边

有时入梦 如常昨日青涩笑颜

挥手告别 说那年那日不小心走得太远

远到来生或也 无缘再见

岁月温软 唯留此梦中一念

化作伤痕 刻在宿命浮舟边沿
轮回过后 度七魄三魂寻旧迹游过忘川
在时间尽头将 梦境重现

转眼浮生逡巡过半
遍行红尘山水万千
看尽了 俗世无尽风月缠绵
满目红妆媚影无限
却总形似 旧人眉眼

星斗流转 人间已沧海桑田
唯有逝者 遁入记忆音容未变
偶然入梦 见亲朋旧友如故时三五成伴
独我隔河相顾 婆娑着泪眼

岁月温软 唯留这枕边一念
轻抚心弦 融化了暮雪苍颜
待到哪日 凡俗皆罢了再无情留恋世间
或能重拾少时 未完诗笺

若他朝重逢 只盼当时风月
一如从前

月 弄

烟花凉 凫雁南归塘
三月上 文鸟又成双
锦绣舫 莺歌燕舞到天光
岁月老 初心旧 易沧桑

觥筹畅 酒热惊鸳鸯
锣鼓响 笑语掩愁肠
醉影晃 玉液金杯铸黄粱
迷离间 还故里 月弄巷

红尘千丈 多情自古易荒唐
年年今宵 重楼竞辉煌
箫鼓笙歌漫 船头花红新张
谁记昨日相知 巷陌独饮炎凉

还记初见 锦袍丝冠形轩昂
舞低青柳 金盘映娇娘
拟管赋新曲 赚得红绡满堂
相思尽诉 琵琶弦上

觥筹畅 酒热惊鸳鸯
锣鼓响 笑语掩愁肠
醉影晃 玉液金杯铸黄粱
迷离间 还故里 月弄巷

红尘千丈 多情自古易荒唐
年年今宵 重楼竞辉煌
箫鼓笙歌漫 船头花红新张
谁记昨日相知 巷陌独饮炎凉

还记初见 锦袍丝冠形轩昂
舞低青柳 金盘映娇娘
拟管赋新曲 赚得红绡满堂
相思尽诉 琵琶弦上

二八韶光 秋月春风付虚妄
万家灯火 繁华转凄凉
十年夜雨长 催落满地花黄
怎堪念想 少年时光

不堪念想 少年时光

Hero 的结局

在初次相遇的瞬间即注定
别离会来得悄无声息
谁把迷惘的琴音藏进梦里
又彷徨在梦的缝隙里哭泣

握紧手中判定出口的银币
我伸出双臂拥抱光明
世纪末的夜啊它悄然逼近
平凡的人类如何与它为敌

把清醒的忧伤藏进故事里
反反复复 反反复复 循着足迹
在昨夜消逝的星河边际
寻找最初被遗忘的晨曦

把生命的诗篇刻在琴弦底
逐字逐句 逐字逐句 研磨成曲
凭借它倾诉我无尽的孤寂
幻化作眼角最后一串泪滴

在初次相遇的瞬间即注定
别离会来得悄无声息
谁在迷雾森林里游走逡巡
谁又在沙漠深处独自哀鸣

没出口的结局如何能结局
弯弯曲曲 弯弯曲曲 永无止息
直到双足失去全部的力气
也走不进曾经向往的重遇

没出口的结局也算是结局
断断续续 断断续续 回到原地
带着绝望在此地彻底失去
假面下残留着温度的自己

非　我

旧有狐妖，貌美而擅媚术，常诱男子以为乐。见一画师，以色事之。几番纠缠，画师拒之，拂袖而去。

狐妖不解，其千年道行从未有失。缘何今日不得区区画师邪？

思忖之时，忽见袖间一小笺，上书：明日此时此榭。

次日入夜，狐妖复至水榭。不见画师，却见榻上覆一熟绢，绢上有娇媚女子，傍一硕狐而立。狐妖惭愧，知其真身为画师看破，不觉心驰神漾……

经年后，画师病重。狐妖见之，欲为其续命。不成，妖术尽失。故附身于熟绢之中，其魂魄不得生、不得死、不得灭、不得轮回。

经年之后，狐妖肖像辗转易主于世间。某日，为一浪荡公子所见——此君盖为画师之轮回也。公子见画，只觉画中人风姿绰约，买之，悬于壁上，日日观之，却再无旧情可想。

唯画中狐妖，朝夕独悲，痴缠成魔，故破画而出，不知所踪。

　　轻舟摇曳你的魂魄
　　辗转就该过了冥河

千年道行 难抵一招棋错
错我不该许你 回眸横波

那年月下诀别你说
说来生在人间等我
殊不知等过几番花开花落
终究等成了一纸传说

若我非我 而我为何
是人是妖是仙是怪还是魔
入画成囚 为爱蹉跎
红尘故事 难辨对错

那年月榭初见你说
陪我看尽人间烟火
殊不知幻梦脆弱尘缘易折
绚烂后蹉跎成了传说

若我非我 而我为何
是人是妖是仙是怪还是魔
不堪回首 旧事凉薄
轮回莫测 谁能揣度

若我非我 而我为何
错不该为情化作满纸水墨

待到来世 换了心魄
执笔之人 可还记得

执笔之人 又如何记得

空　城

推开那陌生的门
寻访往昔残存 的伤痕
谁的身影 在心底反反复复沉沦
镌刻 消失的年轮

重回我错过的城
触摸时间深处 的残忍
如若那年 那天不曾留下缘分
此刻 又何必追问

十年沧桑遁入铜门
唤醒梦里一盏孤灯
在遗忘的岁月里 寻觅天真
忘了时间不堪再等

若记忆停在最后一瞬
指尖划过谁的泪痕
在寻觅的岁月里 遗失今生
说好不会忘却的人

别离时 一转身
天空写满离分
谁守望过那座孤城

回眸间 一转身
故事坠入黄昏
湮灭心中的空城

埋葬无尽的余生

琴梦谣

江畔云掩月朦胧 瑶琴七弦弹一场梦
梦里杏花烟雨陌巷中 春意迷蒙

纸上半阕新曲墨色浓 笑倚纱窗短歌情衷
执子之手撩拨弦上梦 摇曳满窗风

犹记得花开时豆蔻年少
新燕小 短垂髫 笑颜娇
七弦琴弹相思曲未成调
参差弦歌轻飘

琴弦摇回眸间流光闲抛
天河遥 筑鹊桥 燕还巢
并肩坐望苍穹云汉迢迢
月夜缱绻蝉鸣声悄

烟花落尽暮色浓 一曲阳关长亭相送
弹断绿绮难断相思重 辗转成冢

西楼上抚琴遥寄鳞鸿 绕梁音度山水千重
不知花落隔年难再红 唯余一场梦

旧梦里花开时豆蔻年少
新燕小 短垂髫 笑颜娇
七弦琴弹相思曲未成调
参差弦歌轻飘

琴弦摇回眸间流光闲抛
天河遥 筑鹊桥 燕还巢
并肩坐望苍穹云汉迢迢
月夜缱绻蝉鸣声悄

三月暮杏花浓豆蔻年少
新燕小 短垂髫 笑颜娇
七弦琴弹相思曲未成调
参差音韵轻飘

琴弦摇回眸间流光闲抛
天河遥 筑鹊桥 燕还巢
并肩坐望苍穹云汉迢迢
月夜红烛蝉鸣声悄

相知莫问

我寄秋心予山河，无奈河山不待我。
若得清明太平世，再倚诗酒醉长歌。

君子之道生而为苍天 琴心剑胆
曾诗酒相和 寄情山水间

悯苍生残念 愧治世无缘
终不愿天谴
无道宵小 崇明鉴颠倒坤乾

倚琴剑 斩绝邪魃正天权
只因道阻多艰险
红尘旧梦 换了前缘

弹指间 宫商角徵羽
年华逐水去
歌绝清影 有杯置地辨直曲

莫道书生无力

琴中剑 正乱世 又何期
一心一意 只为丹心续

哀忠良命舛 叹天命太浅
凭掌中七弦
肃清世道 明镜悬初心未变

绕指尖 往事入梦化繁烟
只因道阻多艰险
红尘旧梦 不复人间

尽相知 莫问身何栖
四海皆归处
庙堂空朽 云生结海唯江湖

忧国执念不负
红袖碎 秋鸿尽 再争簇
何惧他日 荒冢埋枯骨

（灵感来源：《剑侠情缘网络版三》长歌门。）

入　画

灯火昏黄 映在桥头溪上
陌巷轩窗 岁岁如故模样
落花满空城 一步一道伤
旧事无痕 逐梦空流淌

弦短声长 难抵回忆神伤
少时倔强 不说泪洒衣裳
却道雨丝长 沾染一秋白霜
落在纸上 湿了洛阳

孤月天狼 离人归期茫茫
落星湖畔 年年执笔相望
相思 入画 十年伤
纸上凄凉 笔下只影成双

新冢苍凉 埋没生死无常
阡陌野望 寥寥几枝青黄
此岸 彼岸 两心伤
坟头凄荒 隔年应折枝海棠

西风疏狂 吹散人事彷徨
暮雪沾裳 不叹半世沧桑
却道雨丝长 沾染一秋白霜
落在纸上 湿了洛阳

孤月天狼 离人归期茫茫
落星湖畔 年年执笔相望
相思 入画 十年伤
纸上凄凉 笔下只影成双

新冢苍凉 埋没生死无常
阡陌野望 寥寥几枝青黄
此岸 彼岸 皆故乡
莫道凄惶 谁言死别是散场

不忍心伤 他朝重逢应当笑望

白夜行

一个人走进 陌生的世界 没有太多语言
孤单的时候 总会想起你 温暖的拥抱
温柔的野百合 盛开在黑夜里
绽放纯白伤口 撕扯着记忆
被星光照亮的寒夜 渐渐清晰

从此我们也不会 再继续做梦
从此我们也不会 再继续逃避
残酷的岁月让我们学会了 以罪孽救赎

真实的世界隐藏在谎言中
真实的微笑消逝在梦里
爱以最后的温柔静静守望着
遥远的黎明 直到梦尽头

（梦的尽头 有谁）

一个人走在 黑暗的世界 失却太多语言
优美的身影 变质的泪痕 湮灭了灵魂

残忍的野百合 盛开在黑夜里

绽放纯白伤口 撕碎了记忆

两个人牵手的路程 一片心碎

生命中你留给我 最后的温暖

缠绕在天空尽头 褪色的诺言

残酷的岁月毁灭了我梦里 最后的黎明

虚伪的真相 交织在谎言中

虚伪的微笑 绽放在嘴角

爱以罪恶的双臂 紧紧缠绕着

彼此的白夜 直到梦尽头

（啊 就这样 静静守望着 遥远 遥远的白夜）

一个人走过 残忍的世界 带走太多语言

鲜红的血迹 冰冷的身躯 暗淡了星辰

凌乱的野百合 凋谢在黑夜里

失却梦的影子 湮灭了记忆

却无悔 命运让我和你相遇

（灵感来源：东野圭吾悬疑小说《白夜行》。）

还 安

晓风懒 莺啼婉转飞花倦
烟雨繁 几度来去暮春寒
浮云散 往事依稀再无端
沉香淡 逶迤随风入青天

古道远 长亭别后再无言
沧桑变 多少结局终佚散
叹世间 灯花瘦尽又经年
情思缠 只把秋心赋玉蟾

挽湘帘 自倚栏 焚麝烟 抚素弦
三月半 歌长安 怅流年 两鬓斑
紫陌暗 斜阳晚 临铜鉴 青霜染
执旧笺 墨痕淡 欹枕闲 思未完

纤丝绕指成旧谈
一壶杏花忆尘寰
情词吟绝梦委婉
离人天涯可还安

古道远 长亭尽头再无言
沧桑变 多少结局终佚散
叹世间 灯花瘦尽又经年
情思缠 只把秋心付玉盏

挽湘帘 自倚栏 焚麝烟 抚素弦
三月半 歌长安 怅流年 两鬓斑
紫陌暗 斜阳晚 临铜鉴 青霜染
执旧笺 墨痕淡 欹枕闲 至夜阑

十里花灯又江南
岸柳新雨邀客船
重逢不言相见欢
却道风景旧曾谙

如　忆

古镇三月 临街酒肆幌儿斜
叫卖声声 依稀传到故人家
人家小院 一枝出墙碧桃花
桃花半面 灼灼还似旧年她

且烹一盏闲茶 且把流光抛下
且听一曲咿呀 唱尽旧时情话
且随一场繁华 回到那年初夏
且沾一抹流霞 幻作梦里红纱

清波摇曳过客撑一支竹筏
渡河渡河渡不过三月烟花
角楼胡琴悠悠传嬉笑怒骂
演不完戏里戏外半生牵挂

浮光斑驳淌过了指尖流沙
溯洄溯洄回不到西窗月下
辞别镜里落花故事已入画
携一纸流年逐梦红尘潇洒

暮落斜阳流光撩鬓边海棠
谁的玉簪挽起你青丝成霜
遥远疏影缠绵落在我纸上
漂泊在时间尽头随风泛黄

无　羁

执断剑 走天涯 红尘自潇洒
十年沧桑 不过浪淘沙
执断剑 走天涯 尘封年华
携故梦履尘缘 四海为家

一壶浊酒未干 未干又满
同门十人出阳关
塞外风刀霜剑 灼梦魇交缠
梦醒时只得一人还

听 剑气乘风裂空
往事刺痛醉眼

执断剑 走天涯 红尘独潇洒
浪荡山河 丹心怀天下
执断剑 走天涯 尘封年华
孑然身尽浮沉 了无牵挂

剑断痕留指尖 铭刻残年

也曾相约逆苍天
少年意气风发 小觑入黄泉
而今空余我两鬓白

看 世间乾坤扭转
再掀波澜几番

御青龙 斩罗刹 只手覆恶煞
剑锋无影 风云任叱咤
争奈我 无心叹 岁月如枷
从此绝迹草莽 笑饮野马

执断剑 走天涯 红尘自潇洒
十年沧桑 不过浪淘沙
执断剑 走天涯 尘封年华
携故梦履尘缘 四海为家

夕　颜

天边坠落的夕颜
消失在黎明前
梦境里再遇见
那年花开时节

阳光下哪只夕颜
如迷路的双眼
温暖了无情岁月
绽放在心间

古老的黑色诗笺
游戏着时间
月光花飘落的季节里
命运将沉湎

要如何去探访
遗失的世界
要怎样去挽回
虚无的告别

天边坠落的夕颜
我睁开的双眼
梦境里再遇见
又是一个雨天

紧握掌心的虚线
留住这眷念
在合上书的瞬间
与悲哀说再见

（灵感来源：紫式部长篇小说《源氏物语》角色"夕颜"。）

时间旅人

长夜孤行人 寂寥惹红尘
隔岸饮风声 浮世难论
甜梦最残忍 梦碎桃花冷
徒留往事暖黄昏

重逢雨纷纷 落花惹苔痕
小巷秋风冷 催夜无声
漏尽又一更 逡巡又一程
遍寻旧迹无故人

驿外桃花盛 草木掩空坟
雕梁绕枯藤 勾惹情深
一城又一城 一村又一村
望断归人误归人

忘川彼岸归无门
三途酒冷映孤灯
百岁流光沉 热血寒成针
刺破长夜惹谁疼

鲜血浸透 几度春

岁月尽头 送荒魂

一别秋风冷 枯骨化埃尘

散入穹空 染白黄昏

空山雨后 别离天气晚来愁

生如镜花入水朽

虚度一春复一秋

旧识不忍问 聚散两相生

风波破重门 占尽离分

炎凉又一程 彷徨又一生

终是过客与路人

重逢雨纷纷 离离草生春

野渡桃花盛 回忆扰人

一壶温酒冷 心事落孤枕

我亦是孑然一身

此生无尽是归程

（灵感来源：宝冢音乐剧《波之一族》）

碎　片

在岁月的尽头，世人或多或少总有些回忆。
舍它不下，也带它不走。

颤抖着老皱枯瘦的指尖
翻开你墨迹泛黄的诗笺
透过这沾染记忆的碎片
呼吸着彼此失落的昨天

如果 回忆重演 是否还能
轻 吻你的眉尖
如果岁月温柔一点
亦不会埋葬尘事于硝烟

彷徨不去那铭刻故事的回忆
生死不离不过是虚伪的约定
乱世颠沛流离 流离后谁还会记起
火光之中曾有人嘶声哭泣

划亮了指间温暖的火焰

点燃你生命尽头的誓言
透过这散入空气的碎片
带走我不忍割舍的昨天

如果 回忆重演 是否还能
吻 干你的泪眼?
如果岁月温柔一点
只愿梦里再见最后一面

彷徨不去那铭刻故事的回忆
生死不离不过是虚伪的约定
乱世颠沛流离 流离后谁还能记起
火光之中曾有人嘶声 哭泣

别离之期那刺破灵魂的叹息
生死不离敌不过宿命的游戏
站在黑暗边际 想逃离亦无处可去
火光将熄轮回后或是 重遇